GENTOSHA
OUTLAW
BUNKO

女教師

真藤 怜

幻冬舎アウトロー文庫

女教師

女教師＊目次

第一章　恥辱の保健室

授業開始を知らせるチャイムが鳴ったが、麻奈美《まなみ》はさして急ぐ様子もなく、ゆっくりと席を立ち職員室を出た。他の教師たちもそれぞれの教室に向かったが、廊下にはまだおしゃべりに夢中になっていたり、携帯電話を耳に当てている生徒たちの姿があちこちに見られた。

「おーい、チャイム鳴ったぞ。早く教室に入りなさい」

見かねた男性教諭が生徒たちに声をかけると、やっと気がついたようにぞろぞろと教室に入って行くが、中には教師の忠告など耳に入らないのか無視しているのか、動こうともしないグループもいる。

「あのなあ、君たち、もう授業始まってるよ。さあ、入った、入った」

教師たちが怒鳴ったり高圧的な態度に出ないのは、その方が早く事をすませられることを経験で知っているからだ。頭ごなしに怒鳴りつけたりすれば、生徒は必ず反抗するし屁理屈を言い出して手間を取らせるだけなのだ。とりあえずは生徒を全員、教室の中に押しこめることが先決だ。麻奈美は最初、そんな教師たちをまるで羊飼いか牛追いか何かのようだと思った。中程度の高校でもこの有様なのだから、もっと偏差値の低い学校はほとんど動物園のような状態かもしれない。

麻奈美が二年C組の教室に向かって歩いていると、後ろから男子生徒の声が聞こえてきた。振り向かなくても彼らの視線が麻奈美の後ろ姿に注がれていることは明らかだ。

「うー、残念。麻奈美ちゃん、きょうはお尻むっちりのタイトスカートじゃない」

「俺、好きなんだよなー。膝上《ひざ》ぐらいの長さのぴちっとしたスカート。大人のオンナって雰囲気でさ」

「足組んで座ると奥のパンツがちらっと見えるやつな」

「麻奈美ちゃん、もっと脚見せてー」

「きょうの下着は白？　ピンク？　それともベージュとか」

「バーカ。ベージュなんて、ババアしか着ねえんだよ」

「やっぱブラは、寄せて上げるタイプかな」

「麻奈美は巨乳だから、そんなもん必要ねえの」

「あー、麻奈美ちゃんの胸の谷間に埋もれてみたーい」

ひそひそ話などではなく、そばを通る男性教諭の耳にも届きそうな声なのだが麻奈美は無視した。振り返ったり睨《にら》んだりしたら、それこそ彼らの思うツボだ。低次元の卑猥《ひわい》なジョークも聞き流せるようになるまで一年近くかかった。去年の今ごろ、大学を卒業して新任したばかりの時は、生徒たちにからかわれて幾度となく泣かされたものだった。

「こらお前たち。つまらないおしゃべりしてないで、早く教室に入りなさい」

たまたま通りかかった理科の教諭、福永悟《ふくながさとる》が見かねて注意すると、ようやくおしゃべりは止《や》んだ。二年C組の生徒たちは麻奈美が廊下を歩いてくるのを見るとぞろぞろ教室の中に入って行った。

「起立」

「礼」

お決まりの挨拶だが、まともに頭を下げる生徒は半分もいない。

「それではきょうはレッスン5からでしたね」

麻奈美は英語のリーダーの教科書を開いて美しい発音で読み始めた。時折視線を上げて生徒たちの様子を垣間見る。授業に参加しているのはせいぜい半数で、残りの半分は一応教科書やノートは広げているものの、机の下で漫画を読んでいたりイヤホンで音楽を聴いていたり居眠りしていたりする。そしてもう半分は教科書さえ出さずに、携帯電話でメールのやりとりをしていたりおしゃべりを止めないでいる。最後列の端に座っている依田和樹《よだかずき》は常習犯だ。椅子を隣の生徒の方に向けて夢中で話しこんでいる。

「おしゃべりやめなさい」

たまりかねて麻奈美が注意したが、その程度では自分のことだと気づきもしない。

「依田くん。おしゃべりやめなさい。教科書出して、ちゃんと黒板の方を向いて」

麻奈美は時々、自分が小学校の教員になったような錯覚を覚える。

「なーんでー。ほかにもしゃべっている奴たくさんいるのにさあ、何で俺だけ注意されるわけよ」

和樹は不満そうな声を出した。茶色に染めた長めの髪に、左耳にはピアスといった典型的な今どきの高校生といったスタイルだ。

「愛があるからじゃないの」

だれかが言うと数人が笑った。

「依田くん、教科書は？」

「忘れた」

けろりとした顔で言う。

「じゃあ、隣の人に見せてもらいなさい」

「だからこっち向いてたんじゃん」

「授業の邪魔にならないように静かにね」

麻奈美は諦《あきら》めて授業の続きを始めることにした。ひとりにかかわっているといつまでたっても進まないし、真面目《まじめ》に聞いてくれている生徒たちにも申し訳ない。

文法を説明するため背中を向けて板書していると、ふいに足元のあたりにふわりと風を感じた。

「きゃあっ、何するの」

めったなことでは叫び声をあげなくなった麻奈美だが、突然スカートをまくられて思わず高い声をあげてしまった。

振り返ると最前列の端に座っている荒川信也《あらかわしんや》が、長い棒のような物で麻奈美のスカートの裾《すそ》を持ち上げていたのだ。麻奈美はその日、ふくらはぎまでの長さのフレアスカートをはいていた。生地は軽くて薄いポリエステル素材なので、棒の先でも簡単に持ち上げることができる。

「やばっ、気づかれた」

荒川信也はげらげら笑いながら後ろの席を向いてだれかに目配せした。

「見えたか。何色だった？」

どうやら悪ふざけの相手は依田和樹のようだった。

「うー、あとちょっとだったのに、見えなかった」

「じゃ、今回はドローだな」

どうやら麻奈美の下着の色を当てるゲームでもしていたようだ。男子生徒たちがするこの種の低レベルのいたずらには本当にうんざりさせられる。

きょうはスカートの色に合わせて黒のパンティをはいていたのだが、レースをたっぷり使ったゴージャスなデザインで生地の面積はごく小さい。もしそれが男子生徒の目に触れていたらやんやの喝采を浴びたところだろう。

「荒川くん、その棒、貸しなさい。授業中、必要ないでしょ」

麻奈美は気を取り直して荒川信也の前につかつかと歩み寄って行った。

「すいませーん。次からは先生に気づかれないようにもっとうまくやりますから、なんちゃって」

信也がおどけた調子で言うと、近くにいた数人の生徒がどっと笑った。彼は茶髪ではないしピアスもしていないが、制服の白いシャツのボタンを二番目までだらしなく開けていた。

「教科書ぐらい開きなさい」

「先生に見とれてたもんで、つい忘れてた。えっと、今、何ページです？」

荒川信也は麻奈美の教科書をのぞきこもうと立ち上がった。信也は小柄な方だがそれでもすぐ目の前に立たれるとどきっとする。

「あ、谷間が見えた」

麻奈美は反射的にブラウスの胸元を教科書で押さえた。

「うそうそ。ぜんぜん見えましぇーん」

麻奈美は相当に気分を害することがあっても、怒りや羞恥《しゅうち》を露《あら》わにしてはいけないことをこの一年で学んだので、無表情のまま教壇に戻ろうとした。

「もう、いいかげんにしなよ」

思いがけず女子生徒の声が聞こえたので、麻奈美は思わず教室を見回した。

「信也、ガキみたいなこと、やめなよ」

吐き捨てるように言ったのは谷川《たにがわ》めぐみだ。

「はいはい、わかりました。どうせ俺はガキですよ」

めぐみの一言で何とか収まったので、麻奈美は授業の続きを始めた。めぐみは決して優等生タイプではなく授業にも特別熱心に参加している方ではないが、いつも拗《す》ねたような顔をした一匹狼的な存在で皆から一目おかれている。

しばらくすると授業終了を告げるチャイムが鳴った。麻奈美が「これで終わりにします」と言う前に、生徒たちは待ってましたとばかりばたばたと教科書やノートを閉じてしまう。

麻奈美が黒板を拭こうとすると、眼鏡をかけた女子学生がまだノートに写し終わっていないので待ってほしいと言った。私が消しておきますから、と付け加えてからにこっと笑った。英語の成績はトップを争う生徒だ。

まともな子もいるのだからヤケになってはいけない、と思いながら教室を後にした。これでも都会の私立高校の中では授業が成り立っているだけまともな方だ。成績が上位三分の一に入れば系列の大学に進学できるので、それなりに勉強している生徒もいるのだ。

廊下を歩いていてすぐ後ろに男子生徒の気配を感じると反射的に緊張が走る。新任してすぐの頃、いきなり後ろから抱きつかれたことがあったのだ。生徒間で度胸だめしのようなことをしていたらしく、ゲームに負けた者が麻奈美に抱きつくことになっていたようだった。その時しっかり胸を触られたので、翌日から麻奈美は巨乳女教師のレッテルが貼られてしまった。

麻奈美は学校に来る時の服装はかなり気をつかうようにしている。個人的にはコンサバティブなファッションはあまり好まないのだが、仕事用と割り切ってなるべく地味にして露出もできるだけ抑えている。本来は自慢の胸も、極力目立たないよう体にフィットしたニット製品などは避けるようにしているし、透ける素材も適さない。去年の夏、綿ローンの薄手のブラウスを着ていったところ、下着が目立たないよう同系色のベージュにしていたにもかかわらず、高一の男子生徒に後ろからブラジャーのホック部分を引っ張られてしまった。このような小学生レベルのいたずらの被害から免れるためにも、麻奈美の服はできるだけダサい方がいいらしい。

服は仕事用とプライベートと完全に分けているが、下着だけは共通だ。だから襟元のつまった地味なブラウスの下がフランス製の総レースの透けるブラジャーだったり、ヒップラインを完全に隠すゆったりしたストレートパンツの下が黒のTバックといった具合だ。もちろんだれも知らない秘密の楽しみなのだが。

現在の麻奈美は男っ気なしの生活が続いている。大学時代に付き合っていた男は故郷に戻って就職したので自然に別れてしまったし、教員になってからは仕事に追われて男と付き合うどころではなかった。そんな日々がもう一年半続いているが、麻奈美は特別寂しいとも思っていない。むしろわずらわしさから解放されてせいせいしているくらいだ。

私がその気になれば男なんかいくらでも……そんな自負があることも事実だ。麻奈美はこれまで、自分から好きになった男の数を遥かに上回るほど交際を申しこまれたし思いをうち明けられもした。それも「そこそこの男」から、である。

教員になってからも、男子生徒から手紙をもらったことは二度や三度ではない。どうやって調べたのか、誕生日には職員室の机に小さな花束やかわいらしいプレゼントがいくつかのっていたこともあった。手に負えないような自分勝手で生意気な生徒がいくらいたとしても、こういう情景を目《ま》の当たりにしてしまうと、もう少しこの高校でがんばってみようかという気持ちになるのだった。

一学期も終わりに近づいた七月初めのある日のことだった。その日は期末試験の初日で生徒たちは午前中に試験を終えると早々に帰宅していった。普段は授業に不熱心な生徒もさすがに学期末試験となると、ノートを借りてコピーしたり付け焼き刃で勉強するのだ。

麻奈美はたまたま通りかかった廊下の隅に男子生徒がうずくまっているのを見つけた。

「どうしたの？　具合でも悪いの？」

麻奈美が声をかけてようやく顔を上げたのは荒川信也だった。

「先生、俺、腹が痛くて……」

信也の表情は苦痛のためかひきつっていた。

「じゃあ、保健室で休んだ方がいいわね。立てる？」

信也は麻奈美が差し出した手につかまってよろよろと立ち上がり、上半身を折り曲げるようにして歩き始めた。

「前にも同じようなことがあって……保健室でもらった薬飲んだら少し良くなって……」

「保健の先生はもういないと思うけど。同じ薬があるといいわね」

麻奈美は信也に肩を貸しながらやっとの思いで一階の廊下の奥にある保健室に連れて行った。部屋の戸は簡単に開いたが、思った通り担当の女性の姿はなく薬のケースにも鍵がかかっていた。

「開かないわ。鍵はどこにあるのかしら、職員室かな」

麻奈美はつぶやきながら、机の引き出しを二、三開けてみたりした。信也は「うーん」と唸《うな》って床に座りこんだ。

「横になってた方がいいわよ」

カーテンで仕切られた向こうにベッドがふたつ並んでいる。きょうは試験日なのでだれも使わなかったのか、シーツがぴんと伸びて毛布も畳んだままになっていた。

「やっぱり職員室にあるのかな。鍵を取ってくる間、待っていてくれる？」

麻奈美が振り向こうとしたその時だった。

背後に人の気配がしていきなり目の前が真っ暗になった。頭にすっぽりとニットキャップか何か袋状の物をかぶせられ、体は後ろから羽交《はが》い締《じ》めにされた。

「何するの。放して」

最初はまた生徒の悪ふざけかと思った。だが口を粘着テープでふさがれ、引きずられるようにしてベッドに連れて行かれた時、初めて身の危険を感じた。これはジョークではない、と思った瞬間、ベッドに押し倒されていた。

麻奈美は満身の力をこめて抗《あらが》ったが、相手は何人もいるようでいくつかの手で押さえつけられ手足を動かすこともできない。もちろん声も出せない。何とかして相手を見ようと顔にかぶせられた物を取ろうと必死で頭を振ってみたが、鼻の下まで届いてどうにもならなかった。そうしているうちに両方の手首が頭の上で括《くく》られた。縛るというよりは、粘着テープでぐるぐる巻きにされている感じで、その上動かないように押さえつけられていた。

すぐにスカートが腰までずり上げられた。その日、麻奈美は膝丈のセミタイト・スカートをはいていたが、とても暑いのでパンストなしで素足にサンダルだった。両足が太股《ふともも》まで剝き出しになると、次にパンティに手がかけられた。

麻奈美は喉の奥から「うーうー」と声にならないうめき声をあげ、必死で体をよじって抵抗し続けたが、何本もの大きな手で体を押さえつけられているのでびくともしない。

「うぐっ、うぐ……」

クリーム色のレース・パンティは汗で湿っていたので一気に引き下げることはできなかった。麻奈美は最後まで足をばたつかせて戦ったが、薄手のレース生地は荒っぽい手にかかって次第にみりみりと音をたてて裂け始めた。

小さな布きれがするりと麻奈美の片足から抜けるのとほぼ同時に、ベッドが人の重みでずしりと沈んだ。麻奈美は反射的に剝き出しになった下半身をかばおうと足を曲げたが、すぐに手で押さえつけられ膝を大きく割られた。ずり上がったスカートの下は白く滑《なめ》らかな皮膚で覆われた下腹部と太股、そして濃いめの恥毛が生い繁る秘部がさらけ出された。肉獣の目をぎらつかせた数人の男たちが、あわれな麻奈美の下半身を見下ろしながら舌なめずりしているにちがいない。

——やめて、やめて、放して、それだけはやめて！

麻奈美は声にならない叫びをあげた。恐怖で鳥肌がたちそうだった。

コットン地のブラウスの前ボタンがはずされていった。とても荒っぽい手つきだったので、いくつかのボタンがちぎれて飛んだ。豊かな乳房をすっぽりと覆っているブラジャーを二本の手が乱暴に押し上げようとしていた。ワイヤー入りでがっちり固定されているのでずり上げるのは容易でなかったが、腕が上がっているせいか後ろのホックをはずすまでもなく両方の乳房はたちまち剝き出しになった。

汗ばんだ手がふたつの肉山をわし摑みにし、粘土をこねるような稚拙《ちせつ》な手つきでせわしなく揉《も》みしだいていった。桜色の乳頭はつまみあげられ指先でなぶられたがけなげにもぴんと立っていた。そして遂には口に含まれ、生あたたかい舌と無骨な唇で弄《もてあそ》ばれるのだった。

――お願いだから、もうこれで堪忍して。これだけすれば十分でしょ。これ以上私を辱めないで。

だがファスナーを下ろす音とともにだれかが両足の間に入りこんできた。麻奈美は膝を閉じようと全身の力をこめて抵抗したが、左右別の方向から足が押さえつけられた。

「早く、やっちゃえっ」

初めて声が聞こえた。やはり麻奈美を取り巻いているのは男子生徒たちのようだ。だれかは特定できないが、皆で麻奈美を犯そうとしているのはまちがいない。

「んぐっ、うぐっ」

麻奈美はありったけ叫んでみたが、声にはならず喉の奥でむなしく響くだけだった。

ずしっと麻奈美の上半身に体重がかかってきたのと同時に、無理やり広げられた女肉に楔《くさび》が打ちこまれようとしていた。力を漲《みなぎ》らせ充血しきった肉柱が乾いた花びらの中に分け入り、花園の門に頭をねじこんできた。

「うっ、んんーっ!」

うなり声とともに麻奈美の体が一瞬、鋼のように硬直したが、その後は一切の抵抗をやめされるままになった。後はこの地獄の時が過ぎるのをじっとがまんして待つだけしか逃れる手だてはない。

――早く終わって。早く私の体から離れて。お願いよ……。

無抵抗になったとはいえ、麻奈美の体はどこのだれだかわからない男のモノの進入を拒み続け何とか押し返そうとした。男はあわてているのかそれとも技術が未熟なのか、何度も女穴から肉茎がぽろりとはずれ、その度《たび》にまたせわしなく入れ直すのだった。だが力強いピストンで送りこまれるのですぐに根元まで打ちこまれた。ただ単純な上下運動が繰り返されるだけだが、麻奈美は歯を食いしばって羞恥と苦痛に耐え続け、この時が過ぎてくれるのをひたすら待った。

男の腰骨がごつごつと麻奈美の下腹に当たった。どうやら痩《や》せている男らしいが、むっとする体臭が鼻をついた。汗臭いというより野生動物を連想させるような匂いだ。目隠しという卑劣な手段で犯されているので音や匂いなど視覚以外が敏感になっていた。

彼の動きに合わせてぎしっぎしっとベッドが鳴る。麻奈美は不思議なほど冷静にその音を聞いていた。次第にピストンのピッチがあがりベッドのきしみも速くなっていった。

「んんーっ」

焼けつくような衝撃に麻奈美は思わず声を出した。普段の性交時には愛汁で溢《あふ》れしとっているはずの女肉が、乱暴な摩擦で擦り切れそうだった。

「おっ、おお……」

一際激しい打ちこみが二度、三度と続いた。子宮の壁を突き破るのではないかと思うほどの衝撃で、麻奈美の頭はベッドの上の方へずり上がっていった。しばらくの後、彼はがくっと突っ伏すように倒れこんだ。ずしりと体重がのしかかり、麻奈美は思わず顔をそむけたがぜいぜいと熱い息が耳元にかかった。

「早く、どけよ」

頭の上でせかす声が聞こえた。

麻奈美はショックで気が遠くなりそうだった。どうやら順番を待っている者がいるらしい。地獄の時はこれで終わりではなかったのだ。何人いるのかわからないが、かわるがわる麻奈美を犯すつもりらしい。一体あと何回、肉に飢えた野獣の相手をすればいいのだろう。二回か、三回か、それとももっと……。

だが最初の男がベッドから離れたその時、保健室の隣にある理科実験室の戸が開く音がごとごとと響いた。

「やばっ」

その瞬間、麻奈美を押さえつけていた手が急に緩んだ。だれかが合図したのか、一斉にベッドから離れる気配がした。ばたばたという足音が急速に遠ざかり、裏庭に通じるドアが開く音がした後はしんと静まりかえった。

麻奈美はゆっくりと体を起こし、括られたままの手を使って顔を覆っていた物を取り去った。思った通りそれは若者がよくかぶっている流行のニットキャップだった。粘着テープはぐるぐる巻きになっていたが、留め方が甘いので割合簡単にはずすことができた。

保健室の中はすでに人気《ひとけ》がなく、ほんの数分前まで肉に飢えたケダモノたちが麻奈美を取り囲んで辱めていた痕跡は何ひとつなくなっていた。最初から周到に計画していたことは明らかだ。裏のドアから逃げることも考えに入れての犯行だ。

気分が悪いといって保健室に連れて行かせた荒川信也も当然グルなのだろう。最初に麻奈美を犯したのが彼かどうかはわからない。信也は手を焼かせる生徒だが、そこまでのワルとは思えないので、信也は麻奈美をおびき出すだけの役割で主犯は別にいるのかもしれない。

麻奈美はベッドに座ったまま乱れた着衣を直し、紙くずのように床に捨てられていたパンティを拾い上げた。破けているのでもうはくことはできない。今着ているブラウスもスカートもブラジャーも、被害は及ばなかったが家に帰ったらすべて捨ててしまおう……激しいショックで茫然《ぼうぜん》自失《しつ》になりながらも、麻奈美の頭の中は不思議に醒《さ》めていた。

くしゃくしゃになった髪を手ぐしで整えていると、保健室のドアが開いた。びくっとして振り向くと福永悟が立っていた。

「あれ、竹本《たけもと》先生、具合でも悪いんですか？」

「え、ええ。ちょっと気分が悪かったもので。でももうだいじょうぶです」

麻奈美は無理に作り笑いをしたが、福永は心配そうな顔で近づいてきた。

「顔色悪いですよ」

「貧血ぎみなんです。少し横になったら良くなったので、もう行こうと思っていたところです。先生は？」

「僕は見回りですよ。この間、隣の実験室で二年の生徒が良からぬことをしていたもので」

「煙草ですか？」

「いやいや、男女のカップルが……何というか、いちゃついていたんです。不謹慎ですよねえ、学校で」

悟は伏し目がちになって口ごもった。まだ三十を少し過ぎたばかりなのに、徐々に面積を広げている額《ひたい》に手をやって言葉を選んでいた。

「やだわ」

「いえね、まだコトに至る前だったようですけど。女子の方は下着姿だったもので……あ、こんなことお話しして、ますます気分が悪くなっちゃいましたよね」

「平気です」

麻奈美はベッドから立ち上がったが、めまいがして足元がふらついた。いくら気丈に振る舞ってみても精神に受けたショックは想像以上に大きいようだった。

「だいじょうぶですか。やっぱりもう少し横になっていた方が」

「いいえ、家に帰った方が休まるので」

悟は麻奈美の腕を取って支えようとしたが、その手をやんわりと断った。今はだれからも触られたくない。二人は黙って職員室に向かった。

「タクシーで帰った方がいいな。駅のホームでふらついたら危ないから」

「ええ、ありがとうございます」

麻奈美は心配そうに見送る悟に背を向けて校門を出た。タクシーは拾わず電車で帰ることにした。こんな時は雑踏に身を置いていた方がかえって気が紛れるものだ。

学校から離れたことで少し気分が落ち着くと思ったが、ひとりになってまた悪夢が甦《よみがえ》ってきた。思い出すと途端に動悸《どうき》がするし、やたら喉も渇く。

だが直後に入ってきた福永悟に事情を話さなかったことは賢明だったと思う。彼は麻奈美に好意を抱《いだ》いているのだ。半年前にデートらしきものに誘われた時からうすうす気づいていたが、そんな彼に麻奈美がレイプされたことを話したらたちまち校長や教頭に伝わるだろう。

だが校長は学校の恥として警察沙汰にはせず、内部で処理しようとするにちがいない。けれども真正直な悟は学校の上層部と対立し犯人捜しにやっきになるかもしれない。いずれにしても一番辛く恥かしい思いをするのは麻奈美自身なのだから、ここは慎重な態度で出なければならない。

マンションの部屋に戻るとすぐ着ていた服と下着をむしり取るように脱いでゴミ袋に投げ込んだ。次にバスルームに駆けこみ、熱めに設定したシャワーを頭から浴びた。全身が温まりうっすら色づいてくると、今度はボディ・シャンプーとスポンジを使って皮膚が赤くなるほど強く擦《こす》った。

夏ミカンのようにパンと張り出した形の良い乳房や引き締まったウエスト、丸く女らしい曲線を描く優雅なヒップは我ながら気に入っているパーツだが、今回ばかりはいまいましくてならない。男子生徒たちを挑発したこのいやらしい肉体に鞭《むち》打ちたい気分だ。

麻奈美が性行為をするのは約一年半ぶりのことだった。教師になってからは決まった男性と付き合うことはなかったし、まして行きずりの関係とか一度だけのアヴァンチュールを楽しむなどというのは想像の中でも起こらない。側《はた》から見ればたいした禁欲生活と思われそうだが、麻奈美にとっては男なしの暮らしもなかなか快適だった。

柔らかいバスタオルで全身を丁寧に拭いた後、麻奈美はトイレに座りこんだ。欲望を満たすための道具にされた秘部は乱暴な肉杭で突つきまわされたせいか、熱をもったように火照《ほて》って内部がずきずきと痛んだ。

下腹に力を入れると女穴から白濁した濃い液体がどろりと出てきた。粘っこくかなりの量で、便器に落ちても糸を引いてしばらく落ちていかなかった。男は麻奈美の体にしっかりと証拠を残していたのだ。すくい集めて容器にでも保存しておけば犯人の手がかりになるかもしれないとちらりと思ったが、次の瞬間、勢いよく水洗のレバーを回していた。この忌まわしい体験ごと水に流せたらどんなにいいだろうと思った。

麻奈美は病欠ということにして、試験日の三日間学校を休んだ。精神的なショックに加えて、日頃の疲れとストレスが一気に出て体調が悪く、三日間ほとんど部屋から外に出ないで過ごした。いつ、だれに、どうやって事件の報告をしようか考えぬいたが結論が出なかった。ソファに横になってあれこれ考えをめぐらせているうちに、麻奈美はいつの間にかうとうと眠ってしまった。

目覚めた時、びっしょりと汗をかき、胸がどきどきして顔が火照っていたのは、自分でも思ってもみなかった夢をみたからだ。わずか三日前にさんざん痛めつけられたその部分も甘い匂いを発し、しっとり潤っていた。たった今までみていた夢を巻き戻してリプレイするように、麻奈美はもう一度横になって目を閉じてみた。

麻奈美は保健室のベッドに全裸で横たわっていた。周りを数人の男子生徒が囲んでいたが、麻奈美の手足は縛られていなかったし押さえつけられてもいなかった。ひとりの生徒があわただしくズボンのファスナーを下ろし、下半身だけ裸になるといきなりのしかかってきた。麻奈美が自分から足を大きく広げて受け入れやすくしてやると、途端に逸物をねじこんできた。それはすぐに深々と根元まで埋まり、彼はめちゃくちゃに腰を使って単純な抜き挿しを何度も繰り返した。麻奈美もリズムに合わせて腰を振り、歓喜の声さえ漏らしていた。

振動でぷるぷると小刻みに揺れる乳房にも両側から手が伸びてきて鷲摑《わしづか》みにして揉みしだいたり、舌や唇でなぶったりしていた。唾液で濡れ光った桜色の乳頭は小さく固まり、ぴんと立って吸われるのを待っていた。

うっすら目を開けると、目の前に勃起したペニスがぬっと突き出されていた。鮮やかなピンクの亀頭がつやつやと光るイキのいい肉棒に、麻奈美は何のためらいもなくむしゃぶりついた。喉奥までしっかりと飲みこみ、中で舌を動かしたり吸いついたりしながらしっかりとくわえこみ、ごつごつとした感触を楽しんだ。

「うっ、うう-、出る」

口の中で肉杭があっけなく弾《はじ》けた。どろりとした生ぐさい粘液が口内にひろがったが、麻奈美は吐き出すわけでもなく、ごくりと音をたて一滴残らず飲み込んだ。するとすぐさま次の肉棒が麻奈美の唇に当てられた。

下の口を犯していた彼も終盤を迎えフィニッシュの態勢に入った。力強く数回突き上げると、ペニスが膣の中でびくびくっと痙攣《けいれん》した。

「すげえ。ザーメンだらけで、アソコがぐちゃぐちゃになってる」

取り囲んで見ていたひとりが言った。

「まるで公衆便所だな」

「もうひとクラス分ぐらいやったんだから、溢れてきても仕方ないだろ。みんな中出ししてるんだし」

少し前まで暴れまわっていた肉茎がコトを終えて引き抜かれたので、そっと手で触れてみた。股間はまるでお粥《かゆ》でもぶちまけたように白い粘液でどろどろに汚れていた。麻奈美の体内にも何十人分かの樹液がたっぷりと放出されていたのだ。

「穴なら何だってかまわないから早くやらせろ」

「バックからがんがんヤリてえな」

順番待ちをしていた生徒はすでにズボンを下ろし、トランクスの中に手をつっこんでいた。ふと見ると、保健室の外まで男子生徒たちの長い列ができていた。

「まだ汚れてない穴があるぞ。そっちを責めろ」

「そうだ、そうだ。ケツの穴をやってやれ」

麻奈美の体はあっけなくひっくり返され、四つん這いの姿勢をとらされた。

——やめて、やめて。お願い、それだけは堪忍して、怖い。

叫ぼうと思ったが声は全く出なかった。今まで処女を奪われたことのない秘密の門が指で押し広げられ、はちきれそうな男根の先が当てられた。

『ぎゃあああっ……』

声にならない叫びをあげたところで目が覚めたのだ。

首筋や額にじっとりと汗をかいていた麻奈美は、確かめるように股間に手を伸ばした。そこはメスの匂いを発する粘液が溢れ出し十分すぎるほど潤っていた。ピンク色に尖《とが》った小さな突起はすっかり充血していたようで、指で少し触れただけでジンと体中を突き抜けるような衝撃が走った。おぞましい事件としてあれほど深い精神的ショックを受けていたはずなのに、肉体は全く別の反応を示していたのだ。

麻奈美は軽いため息をつき再び目を閉じて、久しぶりに指で自らを慰めた。そこはたちまち蜜液にまみれ、敏感な肉芽は少しの刺激を与えるだけで達してしまいそうだ。

横になったままパンティを脱ぎ捨て、片足を高く持ち上げてソファの背に掛けた。あらわになった股間に右手を当て蕾《つぼみ》を探って小刻みに動かした。クリトリスに快感を得ると足の指が反り返り、膝がぴんと伸びるのが麻奈美の癖だった。

「ああっ、あんっ……」

麻奈美は小さく叫んであっけなくアクメに達してしまった。それはほんの刹那的な高まりで、性交で感じる絶頂のように持続しないし、深い満足感も得られない。だが麻奈美にとってはこの三日間で初めて安らぎを感じた瞬間だった。

第二章　知り尽くされた肉体

　麻奈美は三日ぶりに外出するためメイクをし着替えをすませた。夜になってから出かけることはめったにない麻奈美は着る物の選択に少し手間どったが、最近買ってまだ一度も袖を通していない黒のレース生地の袖なしブラウスに、膝上丈のタイトスカート、足元は細いヒールの華奢《きゃしゃ》なサンダルに決めた。昼間なら素足にするところだが、夜の外出なのでストッキングをはいた。

　学校に行く時はまとめ髪にしているセミロングのストレートヘアだが、今夜は髪留めやゴムなど一切使わず自然にたらした。メイクも十分に時間をかけ、久しぶりに香水も使った。出かける前に全身を鏡で映して見た。この三日間、ほとんど食欲がなかったので一、二キロ痩せたようだが、かえって体が引き締まり顔つきもシャープになったような気がした。細くて高いヒールのサンダルは、駅の階段を上ったり五分以上歩くことには適さないので、麻奈美はマンションを出るとすぐにタクシーを拾ってシティホテルの名を告げた。

待ち合わせの場所は地下のバーだ。彼が好みそうな隅のボックス席に目をやると、思った通り先に来て大きめのタンブラーを手にしていた。いつもと同じに氷の入ったグラスを横に置いて、スコッチのオン・ザ・ロックを飲んでいた。

「久しぶりだな」

見上げた彼の視線が麻奈美の全身をチェックするようにさっと走る。

「四年半ぶりよ」

九十度の角度で隣に腰を下ろした麻奈美はオーダーを取りに来たウエイターにギムレットを注文した。

「酒、強くなったのか？」

「いえ、そうでもないけど」

飲まなければ話せる話題ではない。しかし麻奈美は話すことが目的なのか、それとも彼と会う口実があの事件なのか自分でもわからなくなっていた。

彼、岩下晃一郎《いわしたこういちろう》はかつて予備校の講師をしていた。麻奈美が高三の時、夏期講習で彼の英語の授業を受けたのが出会いの始まりだった。岩下は教え方がうまく人気講師だったが、麻奈美は質問のために足繁く講師室に通ううち次第に顔見知りになった。麻奈美はだれよりも鋭い質問をするために熱心に勉強したし、授業の終わった彼を待ち伏せしたり自宅までつけて行ったりもした。二十二歳も年上の彼は、当然結婚していて子どもも二人いた。麻奈美はそれまで二、三人のボーイフレンドとデートした経験はあるが本格的に交際をしたことはなく、異性関係に関しては奥手でしかもヴァージンだった。

ある日、岩下をつけていた麻奈美は彼に気づかれ、暗がりに連れて行かれたかと思うといきなりキスされた。そして「第一志望の大学に合格したら抱いてやる」と、冗談とも本気ともつかないことを言われた。だが麻奈美は猛勉強して見事希望の大学に合格した。岩下に報告しに行ったその日の帰り、ホテルで彼に抱かれた。高校の卒業式の前日で、大胆にも麻奈美は制服姿だった。

大学に入ってからは岩下との関係はますます深まった。麻奈美は自宅から大学までが遠すぎることを理由にマンションを借りていたので、親の目を気にすることなく週に二、三回は会っていた。麻奈美は岩下に夢中になっているのか、セックスに溺《おぼ》れているのかわからなくなっていたが会えば狂ったように肉体を貪《むさぼ》り合った。

濃密な関係は一年以上続いたが、ある日岩下の妻が麻奈美のマンションに乗りこんできて、夫を返せと暴れていった。妻は三人目の子どもを妊娠しているようで、今にも生まれそうな大きな腹を抱えていた。その姿を見て麻奈美は彼と別れる決心をした。二十歳になる少し前で、誕生日には岩下と二人で温泉旅行に出かけることになっていた。

その後、麻奈美は実家から大学に通うようにして岩下とは一切の連絡を絶った。何人かの男と付き合ってみたが、だれにも夢中になれなかったし長続きしなかった。教員になったのはたまたま教職課程を取ったからというだけで、まさか採用試験に合格するとは思っていなかった。

岩下晃一郎のことは完全に過去のものになっていたはずだったが、先日の事件以来しばしば彼を思い出すようになり、自分から連絡を取ってしまった。彼は理由も聞かずすぐに会う約束を取りつけてくれたのだ。

「麻奈美が教師になっているとは意外だな」

岩下はスコッチをおかわりしながら言った。

「一応同業者ってことになるわね。あなたも元は高校教師でしょ」

「ああ、ほとんどサルと同程度の知能しかない生徒に勉強を教えるのが馬鹿らしくなってやめたんだ」

「おサルの方がまだましだって思うことがあるわ」

麻奈美は事件のことを思い出したが、すぐに切り出す気分になれなかったのでギムレットをひとくち飲んだ。

「それにしても、いい女になったものだ」

岩下は遠慮もなしにじろじろと麻奈美の体を見つめた。高く組んだ足はタイトスカートの裾が持ち上がって太股まであらわになっていたし、体にぴったりフィットしたレースのブラウスは否応なしにバストの線を強調していた。

「いやだ。まるでオヤジみたいな言い方ね」

「お前と知り合った時には俺はすでに四十のオヤジだったんだ」

「そうね。あなたと私の父は三つしか年が違わないのよ」

「じゃあ、ファザコンとロリコンがくっついたわけだな」

「口が悪いのね。変わってないわ」

「お前さんは変わったじゃないか。見違えるようだ」

十代の頃、麻奈美はもっとぽっちゃりして丸顔で、体つきにも締まりがなかった。岩下と付き合うようになり、性的に目覚めてようやく大人の女の肉体になっていったが、二十歳を過ぎて次第に体にメリハリが出てきた。余分な肉が落ち手足はほっそりと長く、ウエストも引き締まっているが、胸と腰だけはしっかり発達していた。

「さぞかし男子生徒に騒がれているだろうな」

「学校に行く時はもっとずっとダサい恰好しているのよ」

麻奈美はギムレットをおかわりし、決心したように彼の方に向き直り、事件について一気に話し始めた。

できるだけ冷静に事実だけを淡々と述べるつもりでいたがいつの間にか興奮し、話が終わる頃には目に涙まで浮かべていた。その間、岩下は時折頷《うなず》くだけで黙って腕組みをして聞いていた。

「なるほど、そんなことがあったから俺のところに電話してきたんだな」

「だってほかに相談できる人なんかいないし、ひとりで抱えている問題にしては私には重すぎたし」

麻奈美は細い指先でこぼれた涙を拭いた。今夜は珍しく爪にマニキュアを塗っていた。

「学校にはまだ話していないいんだろう。すぐじゃない方がいいな。まず君に味方をつけてからだ。ひとりで話しに行くと、うやむやにされたりもみ消される恐れがあるからな」

もっともな意見だと麻奈美は思った。レイプ事件など学校の恥なのでなるべく表沙汰にはしたくないだろうし、麻奈美ひとりを黙らせれば外部に漏れることもない。

「だれか君に協力的な同僚の教師はいないのか」

福永悟の顔がすぐに思い浮かんだが、彼にこの事件のことは話したくない気がした。個人的に親しくしている女性教諭も皆無だ。

「残念だけど心当たりないわ」

「お前も俺と同じで学校では一匹狼なんだな。それじゃ、ひとりで戦うしかない」

「自信ないわ」

「じゃあ、泣き寝入りだ」

「いやよ絶対。あんな卑劣な行為、許せない。何としても敵《かたき》をとってやる」

「敵をとるなら、学校になんか話さなくても方法はあるぞ」

「方法って？」

「ん、いろいろあるさ」

岩下は曖昧《あいまい》に言ってから唇の端で笑い、ウエイターを呼んで勘定をした。

「ここは飽きた。場所を変えよう」

麻奈美は彼について立ち上がった。たて続けに二杯ギムレットを飲んだせいか、アルコールが強くない麻奈美は足元が少しふらついていた。

エレベーターに乗りこむと、岩下は急になれなれしく麻奈美の肩に手をかけてきた。わざわざ払いのけるのも面倒なので、そのままにしておいた。

「あら、どこへ行くの。出口は一階でしょ」

見上げた岩下の顔は勝ち誇ったように笑っていた。エレベーターのボタンは十二階が押されていたのだ。

「部屋を取ってあるから飲み直そう」

「そんな。ずるいわ」

「いいじゃないか。その方が落ち着くし、人に聞かれたらまずい話題だろ」

「いやよ、私は……」

だが結局、岩下に抱えられるようにして麻奈美は部屋に入ってしまった。後はどういうことになるか容易に想像がついたが、きっぱり断る勇気がなくてつい彼に従ってしまった。

部屋に入ると五分もたたないうちに、麻奈美はキングサイズのベッドの上に押し倒されブラウスとスカートを脱がされていた。

「なんだ。口ほどにもない。お前さんだって、その気で来たんじゃないか」

「そんなことないわ」

「ほう、それは男に抱かれるための下着じゃないのか？」

麻奈美のランジェリーはすべてブラウスと同じ黒で統一していた。肌が透けそうな薄く繊細なレース生地のブラに、お揃いのパンティは必要最小限の面積しか隠さない小さな三角形。そしてストッキングを吊っているガーターベルトもごく華奢なデザインで、すべてイタリア製だ。

「服に合わせただけよ」

「嘘が下手だな。女の友達と会う時にもこんな色っぽい下着で出かけるっていうのか？」

「きょうは、たまたまよ」

「なんだっていい。それにしても見違えるほど女っぽい体になったもんだ」

岩下はすぐに裸にしては面白くないと言わんばかりにブラの上から二つの胸をわし掴みにし、じっくりと揉み始めた。その手つきを麻奈美は懐かしいものに感じていた。

「昔からおっぱいはデカかったが、あの頃はゴムまりみたいに硬かったな」

「だって十八の処女だったのよ。男の人に触られたこともなかったわ」

「そうだ。俺がすべて仕込んだんだ」

彼はブラの上から乳首を探り出すと指先でくりくりと転がした。

「どれ、味見してやろう」

肩ひもをずらし薄い生地を少し下げるとピンと立った乳首が現れた。小さなローズ色の粒は目覚めたばかりの薔薇《ばら》の蕾といった風情だった。

「まるで男に吸われるのを待ってるみたいだな」

岩下は舌先でつついたり薄く色づいた周囲を舐《な》めたりした後、口に含み軽く歯をたてるようにして吸ったり舌でなぶったりを繰り返した。その間も空いている方の乳房を弄ぶ行為は忘れない。

「あ、あん……」

　麻奈美が思わず声を漏らしてしまったのは、乳房に愛撫を受けるのが久しぶりだったのと、その技巧がツボを心得てあまりに巧みだったからだ。

「ふん、感じてるな」

　岩下が顔を上げるのとほぼ同時に、今度は小さな三角形がするりと腰から抜かれた。ストッキングとガーターベルトはつけたままの状態で、こぢんまりと煙る繁みが剝き出しになった。

「なんだ、もうすっかり準備が整ってるじゃないか。そんなに欲しかったのか」

　彼の手は無遠慮に麻奈美のブッシュをまさぐり、スリットの内部にまで到達していた。

「こっちも味見してみよう」

「あ、いや……」

　両膝が大きく左右に広げられると、ぱっくりと開いた女肉に岩下はいきなり顔を近づけ舌を差し出してきた。

「だって、シャワーがまだなのに」

「シャワーなんか浴びたら味見にならないじゃないか」

「は、恥かしい……」

「昔からシャワーを浴びてからしたことなんかなかっただろ。いつだっていきなり始めてた」

岩下の場合は、事が終わった後に二人でゆっくり風呂に入るというのがパターンだった。桜色に染まった麻奈美の体を、湯船の中で膝にのせじっくりと眺めるのが好きなのだ。初めての時、行為が終わって麻奈美がひとりでシャワーを浴びていると、裸の彼が突然バスルームに入ってきて、驚きと恥かしさのあまり麻奈美は泣き出したことを思い出した。十八歳にしてはあまりにも幼かった。

彼は自分の衣服を脱ぎながら舌と唇だけで器用に女肉をまさぐり味わった。初めに全体をじっくり舐めあげると、襞《ひだ》の隙間まで丁寧に舌を走らせ肉芽を軽くなぶりながら蜜壺に到達していく。溢れる甘汁を彼は音をたてて啜《すす》りあげた。

「お前、ずいぶん成長したな」

「私、そんなに遊んでないわ。最近だってずっとご無沙汰だったし」

「味も匂いも前より濃くなってる。量もすごいしな」

「ああ、いや……もうやめて」

だが言葉と裏腹に、麻奈美はさらに大きく脚を広げると股間に入りこんだ岩下の頭をしっかりと抱き、白髪の混ざった髪を両手でさぐった。わずか数日前に、顔もわからない男たちによってさらし者にされ、さんざん痛めつけられ辱められた秘部が、今は悦びに震え愛汁を溢れさせているのだ。

「どうだ、そろそろ欲しくならないか？」

顔を上げた岩下は、唾液と麻奈美の流した蜜液のおかげで唇や顎《あご》がぬめって光っていた。

「もうだめ。早くきて」

消え入るように言った麻奈美の目の前に彼は下半身を突き出してきた。大ぶりの松茸を想わせるペニスは見事に膨れあがり勢いよく屹立《きつりつ》して、仰向けになった麻奈美の顔の前に差し出された。

――ああ、懐かしい、これ……。

麻奈美は何のためらいもなく、目をつぶると大きく口を開けて肉柱を飲みこんだ。彼は麻奈美にくわえさせたままゆっくりと腰を上下し逸物をスライドさせた。麻奈美は獲物に吸いつきながらも、中で舌をくねくね動かしたり節目をなぞったりしていた。

「上達したじゃないか。だれに教えてもらったんだ？」

――フェラチオにうるさい男がいて、彼にいろいろ伝授されたのよ。でも自分のモノはさんざん舐めさせるくせに女のアソコは気持ち悪いって、絶対に口にしようとしないの。ひどい男でしょ。

麻奈美は唇を唾液で汚しながら夢中で食らいついていたが、しばらくするとすぽんと口から引き抜かれた。久しぶりなのでもう少し味わっていたかったが、麻奈美の下半身は狂おしいほどに疼《うず》いていた。

岩下は、うっとりとその時を待っている麻奈美を見下ろすと、ブラを荒っぽく取り去り黒のガーターベルトとストッキングだけになった体をじっくり眺めた。

「いやらしい体だ。さかりのついた男子高校生には目の毒だな」

仰向けになってもなお見事に盛り上がっている双丘を彼は両手で揉みしだいた。

「早く、きて……」

「だめだ。お前が上に乗れ」

岩下はベッドの上にごろんと身を横たえた。年齢の割には勢いのいい肉杭は彼の下腹につくほどの角度で跳ね上がっていた。

「そんな、恥かしいわ」

「今さらなにを言ってるんだ。俺はお前の尻の穴まで知り尽くしているんだぞ」

「いや、そんなこと言わないで」

ようやく起きあがった麻奈美はゆっくりと彼の腹に馬乗りになった。夏ミカンのような乳房がぶるんと揺れる。

「あなた、太らないのね。おなか出てないわ」

麻奈美は四年半ぶりに会った彼の肌や筋肉の感触を思い出すように掌《てのひら》でさすった。

「毎週ジムに行って鍛えているからな。お前もたまにはセックスしないと体型を保てないぞ。まだ胸は垂れていないけれど」

麻奈美はペニスを鷲摑みにすると秘所にあてがった。この体位は岩下の好みなので何度も経験があるが、久しぶりなので少し恥かしかった。

「そんなに見ないで」

一気に腰を落とすと肉棒がずぶずぶと花弁の内部に飲みこまれていった。

「根元まで全部入ったぞ」

彼がずんっと腰を突き上げると、麻奈美は体をのけぞらせて「ああーっ」と叫んだ。そしてぎこちない仕草ではあるが、自分からも腰を揺らし始めた。

「繋《つな》がっているところ、触ってみるか……ほら、俺のがしっかりお前の中に入ってる」

「ほんとだ。ああ、いやらしい」

「じゃあ、やめるか」

「いやいや、やめないで。もっと奥に入れて」

麻奈美は髪を振り乱し、上半身を揺らせながら夢中で腰を振った。振動で上下に揺れる乳房は岩下の掌では包みきれないほどのボリュームだが、彼は下から手を伸ばしてじっくりと押し揉んだ。

「すごいな。まるで騎乗の女戦士って風情だぞ。そんなに気持ちいいのか」

「全身の、どこもかしこも、気持ちいい」

麻奈美は彼の胸に両手をつき、今度はヒップだけを小刻みに上下させた。

「ああんっ、アレが出たり入ったりしてる」

「おい、そんなことすると……ああ、もうがまんできない」

岩下はあわてて麻奈美の腰を押さえようとしたが間に合わず、そのまま果ててしまった。

「お前がどかないから、中に出したぞ」

ゆっくりと体を起こしながら岩下は咎《とが》めるように言った。麻奈美はティッシュで彼の後始末をした後、激しい動きと汗でよれよれになったストッキングとガーターベルトをはずし、ようやく全裸になった。

「平気よ。きょうは安全な日だから」

「そんなもの、当てにならないぞ」

「昔から避妊には神経質だったわよね、あなた」

麻奈美は彼の隣に横になりながら言った。

「当然だろう。お前は若くてまだ学生だったんだから」

「その分、うちでは無防備だったってわけね。私と付き合っていて週に三回はセックスしてたのに、家庭でもちゃんとしていたのね。奥さん、妊娠までさせて」

「あの時は酔っ払って、たまたましたら命中したんだ。家庭でのセックスのいいところは、いつでも好きな時にできることと、避妊しなくてすむことなんだよ」

「ふうん」

「そのかわり、お前とする時みたいに時間をかけたりしないぞ。せいぜい五分か十分でおしまいだ。手と口だけでさせることもあるし」

「暴君なのね」

「なにしろカミさんとは三十年の付き合いなんだ。最初にやった時、俺が中三であいつはまだ中一だった」

「ええっ、中一の子とセックスしたの？」

「うん、あいつまだブラジャーもしてなかったっけ。神社の裏の空き地で、あれはほとんど強姦だったな」

「ひどい人」

「だけどその後も付き合ったし、子どもがデキたから責任をとって結婚した」

「でもあなたはその間に何人もの女がいたんでしょ」

「まあな」

麻奈美は彼に体をすり寄せ、胸を押しつけたり足を絡ませたりしていた。彼の妻のことや結婚の経緯について聞いたのは初めてだった。

「なんだ、麻奈美、お前嫉妬してるのか？」

麻奈美がすねた表情でぷいと横を向くと、彼は起き上がって麻奈美の細い顎をつかんだ。

「そんな顔もそそられるな。ほら、二回目始めるぞ」

「あら、もう回復したの」

「四つん這いになれよ。お前、バックでするの、好きだっただろ。すごくいやらしい気持ちになるって」

「それもあなたが教えたんでしょ」

言われるまま麻奈美は素直にポーズをとり、上等な白桃を思わせる見事なヒップを彼の前に高々と差し出した。

「尻はでかくなったなあ」

「気にしてるのよ」

「むろん、今の方がずっといいぞ。後ろから犯しがいがある」

岩下は麻奈美の尻たぶに両手を当てるとがっしり固定し狙いを定めた。ペニスの先をスリットにこすりつけると、麻奈美は早くしてと言わんばかりに腰を振った。

「じらさないで」

「さっきあんなにしてやったのに、また欲しくなったのか？」

「バックからだと感じるの。早く、きて」

襞をめくってやると女肉は愛汁をにじませて濡れ光り、その奥の蜜壺は妖《あや》しくうごめいていた。

「すぐに濡れるんだな……ほら、簡単に入った」

岩下が腰を前にぐっと突き出すと、充血しきった肉杭はするっと女穴に消えた。

「あううっ」

彼は最初から速いスピードで抜き挿しを繰り返した。筋肉質の尻をもりもりと動かし、全く疲れを感じさせない様子でピストンが続いた。

「はあっ、すごいわ」

「どうだ、気持ちいいか？」

「ああ……アソコがすごく、気持ちいいの」

頭をのけぞらせた麻奈美は両手と両膝を踏ん張って、後ろから突き上げられる衝撃に耐えた。すべての神経が結合部分に集中しているようで、まるで全身が性器になった錯覚がした。

「こんなに淫乱なんだから、レイプされて本当は感じてたんじゃないのか」

「ちがうわ。絶対にちがう」

「わかるもんか。正直に言え。久しぶりに男とやって興奮したんだろう。手荒に扱われるのは、嫌いじゃないもんな」

「そんなこと、ない……」

「若い男のエキスをもらって嬉しかったんだろう」

麻奈美は必死で頭を振ったが、彼は執拗に食い下がり責めたてた。尻たぶをぴしゃぴしゃ叩かれた麻奈美は泣きそうになり、痛みなのか羞恥かそれとも快感のためかわからない涙をこぼした。シミひとつない滑らかな白い肌には手の痕《あと》がいくつもついた。

「痛いっ。お願い、もうやめてよ」

「そうか、やめてほしいのか」

岩下は逸物を亀頭部分を残して引き抜いた。

「ああ、ちがう。叩くのをやめてほしいだけ。まだ抜いちゃ、いや」

麻奈美が尻を振ってねだると、彼は勢いをつけていきなり深いところまで挿した。

「もっとよ。もっと深く。めちゃくちゃにして」

「おお、すごいな。入り口がきゅっと締まってきたぞ。ああ、もうイキそうだ」

「だめっ、抜いちゃ、いや」

岩下は麻奈美のヒップを押さえつけたまま、またも一滴残らず内部で放出した。

「ああ、うれしい。私のアソコから溢れるほどたくさん出してね」

麻奈美はゆっくりと後ろを振り返り、恍惚《こうこつ》とした眼差《まなざ》しを彼に送った。


麻奈美は明け方、タクシーで帰宅しシャワーを浴びたあと短い仮眠をとった。岩下とは結局、四回もしたのでくたくたになってしまった。

翌日は一学期の終業式だ。夏休み中もこなさなければならない仕事は残っているが、毎日学校に来ることはなくなるのでとりあえずほっとしている。生徒たちは式を終え一学期の成績表をもらうとさっさと下校していった。同僚の教師たちも大半が帰った頃、依田和樹が職員室に姿を見せた。

「先生、ちょっと挨拶にきました」

いつになく神妙な顔つきで麻奈美に近づいてきた。

「俺、きょうで学校やめるんです。秋からイギリスの高校に行くことに決まって。そんで、一応、副担任の先生にも挨拶しとこうかなと思って」

「ほんと？　全然知らなかった」

「今、事務室で手続きしてきたとこ」

和樹は授業に熱心な生徒ではないがその割りに成績は悪くなく、期末テストの英語もなかなかいい点数を取っていた。素行も決して良い方ではないが、染めた髪にピアスぐらいでは今や「普通の高校生」の範囲内だろう。

「急に決まったんです。前からこの高校はあんまし合わないと思ってたんだけど、親父を説得するのに時間がかかって」

和樹の家は両親がともに歯科医で暮らし向きはかなり良いようだ。勉強に関しては家庭教師でもつけているのだろう。

「依田くんは英語の成績上がってきたし、きっと向こうの生活もすぐ慣れるわよ。いつ発つの？」

「八月の終わり……で、先生。俺、学校やめる前にどうしても先生に話しておきたいことがあって」

和樹は急に小声になった。職員室では話せないと言うので駅までいっしょに帰ることにした。彼は話し方も態度も、今まで見たこともないほど真剣だったので、麻奈美は少し驚いていた。

「たまたまなんだ。俺がトイレで個室に入っている時、荒川たちがきて、しゃべってるのが聞こえたんだ。あいつらは俺がいること知らないから、いい気になってしゃべってた。その話っていうのがあの……嘘かほんとかわからないんだけど、保健室で先生をやったって自慢してるんだ。まさかと思ったけど、話の中身がやたらリアルで詳しいし……ニットキャップを顔にかぶせたとか、四人がかりで押さえつけたとか、ひどい話で」

麻奈美は思わず歩みが止まりそうになっていたが、和樹に動揺をさとられたくないので無理に平静を装った。

「いやあね。そんな話、嘘よ。若い子にはよくあるでしょ、作り話で自慢するのって。男の子の心理はよくわからないけど、そういうこと言って注目されたいのよ」

「なんだ。でも、そうだよな。先生が保健室でレイプされるなんて、そんなことあるわけないよな。あいつAVの見過ぎじゃねえの」

「かもね」

和樹は初めて笑い顔を見せ、しゃべり方もいつもの調子に戻っていた。

麻奈美は和樹と反対方向の電車に乗るので駅の改札口で別れた。「じゃあね」と彼はまた明日授業でもあるかのようにあっさり言って人ごみに消えた。

ひとりで電車に乗ってからも、麻奈美はしばらく動悸が治まらなかったが、冷静になろうと必死で自分に言い聞かせた。買い物もしないでまっすぐ部屋に帰り、気分を変えるために好きなＣＤをかけ、あたたかい飲み物でもいれようと湯をわかしていた。

少し前からぽつりぽつりと降り始めていた雨が一気に土砂降りになってきた。ＣＤの曲と曲の合間の沈黙の時間に雨音が響き、遠くで雷の音も聞こえた。

すると部屋のチャイムが鳴った。「どなたですか？」と尋ねたが返事が聞き取れないので、麻奈美はのぞき穴からドアの外を見た。

なんとそこには先ほど別れたばかりの依田和樹がずぶ濡れの姿で立っていたのだ。

第三章　教え子のエキス

「どうしたの、依田くん」

麻奈美は驚いてドアを開けた。廊下に立っていた依田和樹は、服のままシャワーを浴びたように髪の毛からは滴がしたたり、制服の白いワイシャツは濡れて肌色が透け、グレーのズボンはたっぷり水気を含んで真っ黒になっていた。

「すごい雨だね。十分ぐらい歩いただけでこの有様だよ」

「どうしてここが？」

「さっき、先生の後をつけてきたんだ。場所だけ確認して帰るつもりだったけど、やっぱりまた戻ってきて……その間に雨に降られた」

「私にまだ何か用が？」

「それより先生、タオルか何か貸してくれない？」

「待ってて、今、持ってくる」

麻奈美は一旦ドアを閉めるつもりだったが、和樹はするりと玄関の中に入ってきた。部屋の奥から洗濯したばかりのバスタオルを持ってくると、和樹は早くも靴を脱いで部屋に上がっていた。

「先生、俺、なんか寒気してきた」

「よく拭いて、あたたかいものでも飲めば良くなるわよ。お茶、いれてあげる」

麻奈美がキッチンに行きかけると、和樹はいきなり抱きついてきた。

「先生、俺が何でここに来たか、わかる？」

「知らないわ。離して」

だが後ろからしっかりと抱きすくめられて、麻奈美は身動きできなかった。

「ノーブラなんだね」

麻奈美はキャミソールにショートパンツというでたちで、まとめていた髪もほどいてすっかりラフなスタイルだった。学校では極力目立たないように押さえているブラは、部屋ではつけないことにしている。

「やっぱ、みんなの噂どおり巨乳だね」

「いいかげんにして」

「先生、あったためてよ」

「馬鹿なこと言わないの。私まで濡れちゃうじゃない」

華奢に見える和樹の腕力は思ったよりもずっと強く、麻奈美は彼の腕を振りほどこうとしていたが全く無駄な抵抗だった。心臓は高鳴り顔は上気していたが、平静を装うのに必死だった。

「ノーブラだってわかっただけで、俺、もうこんなになった」

和樹は下半身を麻奈美にこすりつけるようにして押しつけてきた。股間の硬いモノの存在をはっきりと感じた。

「やめてよ、こんなこと」

「先生、俺、学校やめたんだぜ」

その言葉に反応するように麻奈美は一瞬抗いを止めた。「だからもう、教師と生徒じゃないんだ」言い終わる和樹は即座に唇を重ねてきた。

濡れた衣服と下着を脱ぎ捨て、ベッドで合体するまで三分とかからなかった。心のどこかでこうなることを予感していた麻奈美は素直に従った。

和樹は前戯もなしにいきなりのしかかり慌ただしく挿入してきたが、麻奈美はほとんど抵抗なく受け入れることができた。

「入った……ああ、なか、あったかい」

正常位で単純な抜き挿しを繰り返すだけなのだが、岩下とは比べものにならない力強さだった。ひと突きするだけで子宮の壁にまで届くかと思うほどの衝撃で、岩下がいかにテクニックに頼っていたか実感させられた。勢い余って何度もペニスがぽろりとはずれるのだが、彼はそのたびにもどかしそうに入れ直すのだった。

原始的な行為は思いのほか麻奈美を興奮させ、開始早々に歓喜の声を漏らし、滑らかな背中に痕がつくほど爪をたてていた。彼のパワーに慣れてくると、麻奈美は自分もピストンに合わせて腰を振った。

「うー、たまらない」

突然、彼が動きを止め、挿したままの状態で麻奈美の上に覆い被さった。

「これ以上動かしたらいっちゃいそうだ」

麻奈美は彼の背中をゆっくりと撫《な》でてやりながら、思い切り壺口に力をこめた。巾着の紐を絞るように入り口を引き締めたのだ。

「ああ、すごい締まる。だめだっ、ちぎれそうだ」

和樹は目にも留まらぬ速さでスパートをかけてきた。素晴らしい腰のキレに麻奈美は思わずうっとりしてしまったが長くは続かなかった。

「うっ、いくっ……」

彼の体が麻奈美の上で硬直した。その瞬間、獣を思わせる匂いが鼻をついた。汗くささとも違う一種のフェロモンか体臭かもしれない。和樹は麻奈美のうなじのあたりでぜいぜいと肩を上下させ息をついていた。

「なんか、早く終わっちゃったなあ」

和樹は多少バツが悪そうに言った。

「雨、まだ降ってるわね」

「よかった。じゃあ、まだ帰れないよな」

麻奈美は彼の重い体の下からすり抜け、シャワーを浴びるためにバスルームへ行った。雷雨と同じぐらい激しい行為に麻奈美は終わった後も呆然《ぼうぜん》としていたのだ。

思えば麻奈美は十代の男と交渉した経験が一度もない。高三で初体験した時の岩下が四十歳だったこともあり、その後も付き合った男はみな十歳ぐらい年上だった。岩下にファザコンと言われたがそれも無理ないことで、年下には関心を示したこともなかった。それだけに十七歳の和樹の、何のテクニックもない自分本位で力まかせのセックスは逆に新鮮だった。

麻奈美がバスルームから戻ってくると、和樹はベッドの上で気持ちよさそうに眠っていた。毎日大勢の男子高校生に囲まれているとはいえ、若い男の裸の肉体を間近に見たのは初めてなので、麻奈美は珍しさも手伝って穴のあくほどじっくり見つめた。その象牙色の肌を撫でまわし隅から隅まで舐めたいという衝動に駆られたほどだ。

「ん、俺、眠ってた？」

和樹が目を覚ましそうになったので、麻奈美はバスローブの前をはだけて彼の顔に胸を近づけた。

「デザート、いかが？」

「うっ、起きたらこんなおいしそうな物があるなんて、ラッキーだな。いただきます」

彼は目の前に差し出された肉塊に、手も使わずぱくりと食らいついた。乳首を吸うというより、乳房にまるごと囓《かじ》りついているといった様子で夢中で頬張《ほおば》った。

「ああ、感じる……こっちもよ」

麻奈美は反対側も差し出した。和樹の口からぶるんとはずれた乳房は先端が唾液で濡れ光り、その周囲は強く吸ったり嚙んだおかげで薄赤く染まっていた。

「おいしい？」

「ん、すごい。窒息するかと思った」

和樹は押しつけられた肉山の谷間から顔を出した。

「依田くん、歯をたてるんだもの。ひりひりしてきたじゃないの……あ、痕がついてる。いやだあ」

麻奈美の胸板からはみ出すほどたわわに実った乳房のあちこちに唇で吸った痕、いわゆるキスマークが点々と残されていたのだ。

「こんなのつけちゃだめよ」

「ははっ、先生、やっぱりオトコがいるんだ」

「なんでそんなこと言うの」

「だってコレに見られるとヤバイんだろ」

彼は親指を突き立てながらにやにや笑った。

「いないわよ」

「へえ、じゃあ、ずっとオトコとやってないの？　またまたご冗談を……そんじゃ、二回目いこうか」

和樹はむっくりと起き上がり麻奈美の上にのしかかろうとした。

「待って。もっとよく見せてよ」

「ああ、俺の？　けっこうデカいだろ」

彼は再び仰向けになって誇らしげに自らのモノをさすった。

それは十七歳の少年の持ち物とは思えないほど堂々としたたたずまいで、繁みを突き破る若木のようにしっかりと天を向いていた。血色は良く、亀頭の先端は磨いたように光って、目的地を求めているのかひくひくと蠢《うごめ》いていた。

「とっても長いのね、これ」

「うん、ちょっと邪魔なこともあるけど」

背の高さに比例しているのか和樹のそれはぐんと伸び、あまり節くれだってもいないのでますます長く見えた。巨大なアスパラ、とでもいうような風情だ。形状のせいで細く見えるが太さも十分に思えた。

「ねえ、先生。フェラチオしてくれる？」

まるで授業の内容を質問する時のようにさらりと言った。

返事の代わりに麻奈美は前髪をかきあげ、手も使わずにぱくりと唇でとらえた。

——これだけ長いとフェラチオのしがいがあるわ。でも口が疲れそう……。ああ、すごく硬くて熱い。血管がびくびくしてる。

喉の奥深くまでくわえても根元には到底届かないので、横から挟んでハーモニカを吹く要領で唇をゆっくりとスライドさせてみた。舌を大きく動かして幹を舐めあげたり、ぷっくら膨らんでいる亀頭の節目に尖らせた舌をちろちろ這わせたり、先端の切れ目をつついたりと、麻奈美は飽きもせずに夢中でしゃぶり続けた。

「気持ちいい……ん、イキそうだ」

和樹が思わず声をあげたので、麻奈美は慌てて口を離し根元をぎゅっと摑んだ。

「あ、何すんだよ」

「ふふっ、まだいかせないわよ。こうすると出したくなるのが止まるでしょ」

「いろんなこと知ってるんだね」

「だって教師だもの」

「すっげえ淫乱な教師な」

「あら、普通よ」

麻奈美は涼しい顔で再びアスパラを口にした。

——やっぱり新鮮なお肉は食べごたえがあるわ。ちょっと柔らかくなってもまたすぐ元通りにコチコチになるし。ここのところ……この先っちょの、硬さと丸さがたまらない。

うっとりした顔でひたすら肉杭にしゃぶりついている麻奈美を見下ろしながら、和樹はその表情がよく見えるように麻奈美の髪をかき上げた。

「ねえ、タマの方もしゃぶってくれる？」

「いいわよ」

肉袋は一度に頬張りきれないので少しずつ口に含んでいった。岩下のそれは毛むくじゃらだが和樹のは無毛でトリの皮のようにざらついた肌だった。麻奈美はその感触を舌と唇で楽しんでいた。

「先生、うまいじゃん。ねえ、あっちの穴も舐めてって言ったら怒る?」

「あんまりいい気になるんじゃないの」

麻奈美は勢いよく上半身を起こし、和樹の上に馬乗りになった。ペニスの根元をむずっと摑みゆっくり腰を沈めたと思うと、後は夢中で尻を振った。

「ああ、奥まで入るわ……」

体をくねらせ大きな胸をゆらゆらと揺らしながら好き勝手に腰を使った。

「どう? 入ってるのが見えるでしょ」

麻奈美は少しだけ尻を浮かせ足を開くと、結合部を指で触りながら言った。女肉に赤銅色のこん棒がしっかりと食いこんでいる。

「すごい。アソコがばっちり見えてる」

「私たち今、繫がってるのよ」

和樹は目の前に迫っている乳房に両手を伸ばし、掌に包みきれない二つの肉塊をわし摑みにした。

「いい感触」

「ほら、吸って」

麻奈美は自分から片方の乳房を差し出して和樹の口に含ませた。無心に吸いつく表情を見ていると、彼がたまらなくいとおしくなった。これまで年上の男とばかり付き合ってきた麻奈美は、自分がセックスの主導権を握ることがなかったので、好きなようにできるだけで嬉しかったし、甘えられること自体が珍しかった。

「もっと、ケツを振れよ」

「こんな風に?」

麻奈美はゆっくりと大きく腰をグラインドさせた。肉杭は深いところまで挿さっているので、少々乱暴に腰を振っても女穴からはずれることはない。子宮の近くで、彼のペニスがぐりぐりと頭を動かしているのが感じられた。

「だめだっ、またイキそうになってきた」

和樹は上半身を起こし、合体したままの状態で麻奈美を勢いよく後ろへ倒した。

「正常位が好きなの?」

「最後はこれでないとやった気がしないんだよ」

またも和樹の腰がぐんぐんとスピードを上げ、目にも留まらないような速さで上下運動を繰り返していく。スポーツとはあまり縁のなさそうな彼の腰に、こんな強力なパワーが秘められているとは意外だった。

「ああっ、そんなに激しくしたらアソコが擦り切れちゃうわよ」

「でもぬるぬるになってるぜ」

「いやあ、恥かしい」

麻奈美は逞《たくま》しく上下する疲れ知らずの尻を撫でた。すべすべしてきゅっと引き締まった形のいいヒップがとても気に入ってしまった。

「そんなにして、疲れない？」

「ぜんぜん。だって気持ちいいもん、先生のここ」

その言葉に思わず抱きしめてやりたくなったが、代わりに下腹に力をこめ壺口を締め上げた。

「ううっ、すごい。締まってる」

「気持ち、いいでしょ」

「ちぎれそうだ」

まるで全身がペニスになったような力まかせのピストンを数回繰り返すと、和樹はオスの匂いをまき散らしながらがっくりと果てた。

その日以来、和樹は頻繁に麻奈美のマンションを訪れるようになった。堂々とデートするわけにいかない関係なので部屋で会うのは仕方ないとしても、二人で過ごしている時の大半がベッドというのは麻奈美には少々抵抗があった。だが若い彼は、いっしょに話をしたり食事するよりもまず、麻奈美の顔を見たら即、押し倒したいという欲求に駆られるようだ。

その頃、福永悟からも二度ほど電話があった。特に用事ではなく世間話をした後、時間があったら食事でもしましょうという遠慮がちな誘いだった。麻奈美は適当な理由をつけてやんわりと断るのだが、悟は必ず「じゃあ、また電話します」といって切るのだった。夏休みの間ぐらい学校のことは忘れたい麻奈美にとって、悟と食事をしても楽しいとは思えない。それに今は和樹の相手だけで手一杯だ。彼は昼頃ふらりとやって来て、夜になるまでずっとベッドで過ごすといったことも珍しくないのだ。

麻奈美は学校からあまり離れていない場所に住んでいるせいか、休みの時でも生徒と顔を合わせることがたまにある。普段着の姿を見られるのは少し照れくさいこともあるが、あえて地味にすることはなく自分の好きなようにしている。だが、竹本麻奈美は案外遊び人らしい、という根拠のない噂をたてられたこともあるので、もう少し学校から離れた地域に引っ越そうかとも考えているところだ。

ある日、麻奈美が最寄り駅の近くのファッションビルで買い物をしていた時のことだ。エスカレーターの近くで人だかりがしているので、見ると二年C組の谷川めぐみが倒れていた。

麻奈美は驚いてめぐみをビル内の救護室に運んだ。

病院に行った方がいいという麻奈美の忠告にめぐみは耳を貸さず、少し休んだらひとりで帰ると言い張った。貧血気味だというめぐみは顔色が悪く、いかにも気分が悪そうだ。

「じゃあ、おうちの人に来てもらいましょう」

「うち、共働きだからだれもいないし、もう治ったから」

めぐみはベッドから起き上がろうとしたが、吐き気がするのか口元を押さえた。

「やっぱり病院でちゃんと検査した方がいいわよ」

「理由はわかってる。私、妊娠してるんだ。今、三カ月」

天井を睨みつけるような表情をしながら、めぐみは憮然《ぶぜん》とした調子で言った。

麻奈美は一瞬、言葉を失った。確かにめぐみはいわゆる優等生タイプではないが、成績はいつも上位だし家庭環境も悪くないはずだ。ふてくされたような表情と斜に構えた態度が反抗的に見えることもあるが、いつも群れている遊び人グループとは明らかに異なる生徒だ。

「そのこと、ご両親は知ってるの?」

「知ってたら私、外に出してもらえない」

「相手の男性には伝えてある? 赤ちゃん、どうするつもり?」

「相手はC組の依田和樹。あいつ、学校やめてロンドンに行くんだって。いいかげんなやつ。

中絶しろってお金くれたけど、突っ返してやった」

麻奈美とめぐみは救護室を出て、喫茶店で小一時間話をした。めぐみは出産する決意が固く、学校は休学するか定時制に移ることも考えていると話した。

「問題はどうやって親を説得するかなんだ。あと二カ月ぐらい内緒にしておいて、中絶できなくなった頃、話そうかなんて……」

「それは良くないわね。あなた、結婚するわけでもないんだから、赤ちゃん産むとなったらご両親の援助はどうしても必要でしょ。それならちゃんと話して理解してもらわなくちゃ」

「うん、でも絶対反対されるよ。先生、私のこと応援してくれる？」

初めて見せためぐみの気弱な表情に麻奈美は胸がつまるものがあったが、教師らしく毅然《きぜん》と返した。

「冷たいようだけど、あなたのためを考えたらそんな簡単に応援するなんて言えないわね。ねえ、赤ちゃんを育てるって大変なことなのよ。想像できる？」

「今はまだ実感ないけど、たぶん生まれる頃には……」

「そうやって自覚のないまま親になる人が、育児を放棄したり虐待したりするんじゃないのかしら」

めぐみは返す言葉もなく黙ってうつむいてしまった。

「先生、私、まだ生まれてこの方、全部で五回ぐらいしかセックスしたことないんだよ。それなのにこんなことになっちゃって」

「まったく、男っていいかげんよね。損するのはいつも女」

麻奈美は必死で涙をこらえているめぐみにハンカチを差し出した。

「あいつ、ひどいんだ。一度も避妊してくれなかった」

――私の時も同じよ。あの子は自分の欲望にだけ忠実なの。

めぐみを自宅に送りとどけた後、マンションに帰って着替えをしていると和樹がふらりとやって来た。

「悪いけど、頭痛がするのよ。きょうは帰ってくれない？」

「すぐ帰る。ちょっとだけな」

和樹は麻奈美を押しのけるようにしてずかずかと入ってきた。

「ねえ、俺、腹減ってるんだけど、何か食べるもの、ある？」

「ないわ」

「そっか……じゃあ、これでいい」

彼は麻奈美の胸を指さすやいなや、Ｔシャツの裾をめくり上げた。

「お、やっぱノーブラ。いただきまーす」

「やめてよ。きょうはそんな気分じゃないんだから」

「俺はそんな気分なの」

和樹は乳房に顔を押しつけ貪るようにしゃぶりついた。舌先で乳首をこねまわして勃起させると唇に挟んだり吸引したり歯をたてたりもした。

「このデカいおっぱいが好きなんだ。ほんとに食べたくなるよ」

「やめてったら……」

麻奈美は拒絶の言葉を口にしながらも、敏感な乳首を吸われると次第に体の芯が疼き始め、いつの間にか自分から胸を突き出していた。Tシャツを脱がせられた時も特に抵抗はしなかった。

「ほらね、もうびしょびしょだ」

ミニスカートの裾からパンティに手を伸ばした彼は股間をまさぐりながら言った。

「パンティの上からでも染みてるのがわかる」

「やめて」

隙間から指が入りこんできて繁みを掻き分けた。麻奈美の腿《もも》はすっかり緩んでいたので、悪戯《いたずら》な指が花唇に到達するのはわけなく、すぐにスリットがこじ開けられた。なかからは温かい蜜液が溢れ出していた。

「おっぱいを刺激すると、すぐこうなるんだよな、ほら」

和樹はべっとりと濡れた指を麻奈美の顔の前にかざして見せた。

「ああ、いや……」

麻奈美は首を振ったが、彼は無理やりその指をしゃぶらせた。

「はあっ、もっとして」

麻奈美は自分で乳房をわし摑みにして和樹に吸わせようと突きつけた。彼は頰張りきれない肉塊に唇を這わせべたべたと吸引した。

「きょうは立ったままでヤリたいな」

「いやよ。ちゃんとベッドで……」

だが和樹は麻奈美を後ろ向きにさせ、テーブルに押しつけるようにしてスカートをまくり上げた。クリーム色のレースのパンティはあっけないほどするりと下ろされ、白く輝くヒップが現れた。

「そそられるんだよな。このケツが」

「ねえ、こんな恰好でイヤよ」

「どうして？　すぐ気持ちよくなって泣くくせに」

「ほんとに嫌なの、やめて」

「俺、いやがること、無理やりすると興奮するんだ」

和樹は尻肉の割れ目を指でなぞり、花唇を探りあてペニスの先で狙いを定めた。

「あっ、あううっ……」

突然の衝撃に麻奈美は思わず体をのけ反らせた。太棹がバックから一気に打ち込まれ、根元まで深々と埋まったのだ。

「全部入ってるぜ」

彼がピストンを開始すると、麻奈美の肌がさあっと粟だった。今まで味わったことのない快感だ。彼の長尺のせいか、子宮の壁をツンツンと後ろから突かれる刺激が脳天まで響くようだった。はあーんっ、はあーんっと、彼のリズムに合わせるように麻奈美は粘っこい叫び声をあげていた。

「もっとケツを突き出せよ」

言われるやいなや、麻奈美はテーブルにひれ伏すように上半身を倒し、代わりにヒップをぐんと高く差し出した。

「先生のいちばん感じるとこ、どこかな？」

彼はゆっくりと腰を動かしながら女肉に手を伸ばし、真珠粒を指先で器用に探し出した。

「あっ、いやっ……そこはだめっ」

「あったぞ。尖ってる」

「いやいや、触らないで。それ以上、だめぇ」

麻奈美は夢中でかぶりを振った。ヴァギナに挿入されながらクリトリスを刺激されると、麻奈美はいつも感じすぎて狂ったようになってしまう。おまけに和樹の長棹は少し動かしただけでも奥まで届く。

「いやと言われるとますます悪戯したくなるな」

彼は指先で肉芽を押しつぶすようにしてくりくりと小さく円を描いた。

「あはぁっ、いや……いっちゃう、いっちゃう」

麻奈美の膝ががくがくと震え、半開きになった唇からは涎《よだれ》が垂れた。

「すごい。すごい締まってる」

強力な巾着の締めつけにこらえきれなくなった和樹は、麻奈美の尻たぶを押さえつけて猛烈なスパートをかけた。

「突きまくってやる」

「あ、そんなに激しくしたら、アソコがおかしくなっちゃう」

だが麻奈美はテーブルにしがみつくようにしてバックからの振動に耐えた。

「出る出るっ……ああ、出ちゃった」

突然ぴたりと彼の動きが止まった。

摩擦で火照った赤銅色の肉柱がずるずると女穴から引き抜かれた。

「ああ、気持ちよかった」

「まだ膝が震えてるみたいだわ」

麻奈美は床に座りこんだ。剥き出しの乳房がぶるんと揺れる。

「ねえ、後始末して」

和樹は急に甘えたような声を出し、まだ力を失わずに天狗の鼻のように突き出しているペニスを麻奈美の顔の前に差し出した。

「しょうがないわね」

麻奈美は虚《うつ》ろな視線を向けるとほとんど反射的に口に含んだ。ほんの少し前まで自分の女肉のなかで暴れまわっていたそれは、まだ十分にあたたかかった。丁寧に棹を舐めあげ、亀頭の先に残っていた白濁液をきれいに吸ってやった。口の中にある間は収縮しないので、そのままフェラチオで刺激して二回目に突入したこともある。若い彼の性的エネルギーは底なしだった。

「ねえ、コンドームとか使ったことないの？」

唇を拭《ぬぐ》いながら麻奈美は和樹を見上げた。

「あれ、嫌いなんだ。うまくつけられないし、やっぱナマでないと感じないよ」

「でも、いつも中で出してたら失敗することない？」

「途中で抜くのもイヤなんだ。イク時はなかでどぴゅっと……。先生、ピルとか飲んでるんだろ？」

和樹はさっさとトランクスとジーンズをはきながら当然のように聞いた。

「ええ、私はね。でもほかの女の子の時には避妊しないといけないと思うわ」

「でも俺、コンドームつけてとか、頼まれたこと一度もないぜ。女の方だって楽しんでるんだからさ、男にばっか頼るんじゃなくて、自分でちゃんと責任とれよって言いたいよ」

「あなたたちのセックスって、愛なんて関係ないわけね」

「愛？　先生、なに寝ぼけたこと言ってるの？」

振り返って言った時の和樹のしれっとした表情を見て、めぐみの話をするのはやめた。

「今の女の子ってさ、先生が知ってるよりずっとずーっと、遊んでるんだぜ。すっげえよ」

「そういうことは、あなたの方が詳しいでしょ」

すると和樹は麻奈美が興味もない話を得意になって始めた。

「この間、俺、友達と二人でいる時に二人組の女にカラオケ行こうって誘われたんだよ。で、ボックス行って少ししたら、友達とひとりの女がいつの間にか消えてて、俺ともうひとりだけになったわけ。そしたらその女、急に迫ってきてさ、好きにしていいなんて言うわけ。試しにフェラチオさせたら、けっこううまくてさ。先生より上かも……なんてね。年、聞いたら中二だってよ、中二。そいつ、よっぽど俺に惚《ほ》れたのか知らないけど、何でもしてくれて、ケツの穴まで舐めるんだぜ。すごいよな、中二のくせに。でもアソコはゆるゆるでさ。よっぽど遊んでんのかな。バックでやってもぜんぜん締まんないんだ。突きまくってやったんだけど締まりがないからなかなかイカなくて。その点は先生の方がずっと上だよ。若けりゃいいってもんじゃないんだね」

和樹は一息つくと携帯電話を取り出して、数人と連絡を取り合った。

「そんじゃ、俺、今から友達とメシ食いに行くから。先生、またな。気持ちよかったぜ」

Tシャツの上から麻奈美の胸を鷲摑みにすると、そのまま振り返りもせずに出て行った。

第四章　責められ上手

夏休みも残すところあと数日という八月下旬のある夕方、久しぶりに岩下から連絡があった。夜の予定が急にキャンセルになって空いたので、今から出てこないかという誘いだった。麻奈美は夏の疲れが出たのか体調が万全でなかったので返事を濁していたが、せっかちな岩下はさっさと時間と場所を決めて電話を切ってしまった。

時計を見ると待ち合わせの時間まであと一時間もないので慌てて支度をした。服を考えるのも面倒なので、体にフィットしたノースリーブの黒色ワンピースを着て、ハイヒールのサンダルを久々に出してはいた。時間がかかるのでガーターベルトとストッキングはやめて素足にした。足の指に塗った赤いペディキュアがよく映えた。

以前と同じシティホテルのバーで待ち合わせたのだが、前回と違うのは麻奈美がカクテルを一杯飲み終わらないうちに岩下は早くも腰を上げたことだった。部屋を取ってあることは明らかだったが、その性急さに驚いて理由を尋ねると、

「ちょっとね、試してみたいことがあるんだよ」

エレベーターの中で彼は唇の端を歪《ゆが》めて笑った。

岩下は夏休みの間も予備校の夏期講習で多忙だったのだ。人気講師の彼は授業のコマ数が多く、合間に参考書の執筆や模擬試験の問題作成などの用もある。若い愛人を連れて旅行、などというプライベートな時間は持てなかったにちがいない。彼の様子から見て、今夜はとても気合いが入っているような気がしていた。

だが部屋に入って五分もたたないうちに岩下の態度が一変した。麻奈美のワンピースのファスナーを荒っぽく下ろし、ブラジャーをはずしにかかった時、彼の表情が一瞬で険しくなった。

「なんだ、麻奈美。お前、男とやったな」

「ええっ、そんなことないわ」

岩下は、ずっしりと重い乳房の脇についた小さな唇の痕を見逃さなかったのだ。

「キスマークじゃないか」

「ちがうわ。虫にでもさされた痕よ、きっと」

「ふん、わかるもんか。点検してやる」

たちまち全裸に剝かれた麻奈美は照明の下で、乳房とヒップ、内股あたりを念入りに調べられた。

「あったぞ、ほら、こんなところにも」

彼は顔を上げ、右足の付け根部分を指さした。

「……知らない。覚えがないわ」

「新しそうな痕だな。おい、とぼけても無駄だぞ。いつやったんだ？」

「ええっと、一週間ぐらい前。でも一度だけよ」

岩下に睨まれるとつい白状してしまう麻奈美だ。

「嘘だ。一週間前のキスマークはこんな赤黒いはずないんだ。だんだん薄くなって、最後は黄色っぽくなるんだよ」

彼を騙《だま》すのは容易ではない。

「ごめんなさい。実は、おとといよ」

「じゃあ、もっとよく調べてやる」

岩下は麻奈美の足の間に体を割りこませ、両膝をぐっと大きく開かせた。

「いや、恥かしい。そんなにじっと見ないでよ」

だが彼は女肉の襞のひとつひとつを広げるようにして点検した。

「ふんっ、ところどころ擦り切れたように、赤くなってるじゃないか。二十四時間以内にやった証拠だ。そうなんだろ。お前、ゆうべ男に抱かれたな。体は嘘つかないんだぞ」

壺口に指が二本まとめてぐさりと突き立てられた。

「痛いっ、乱暴にしないで……そうよ、その通り。ゆうべ、したの」

「だれと」

「若い男の子……十七歳……ええ、元教え子よ……一カ月ぐらい前から、時々……あうっ、痛い。やめて、これ以上はだめよ」

いつの間にか指は四本に増え、親指以外すべて女穴に消えていた。

「手首まで全部突っこんでやろうか」

「いやあっ、そんなに入らないわ」

「ゆっくりねじこめば入りそうだぞ。お前のここは伸縮自在だからな。その男のは、デカいのか？」

「……ん、大きいより、とっても長いの」

麻奈美はだらしなく足を広げたまま目をつぶって思い出すように言った。

「じゃあ、深く入れられて、ヒイヒイ泣いたんだろう。何回したんだ？」

「ううっ、忘れたわ」

「忘れた？　一回や二回じゃないんだな」

和樹はゆうべ遅く、突然やってきて麻奈美の部屋に泊まって行った。麻奈美はなかなか眠れなくて、手慰みしていたところだったので、すぐに彼を受け入れた。寝るまでに二回、朝目が覚めてからもまた二回して和樹は昼近くになってようやく帰って行った。つまり麻奈美は和樹と性交してからまだ半日もたっていないのだった。

「おい、何回やったんだ？」

彼は手首をぐるぐる回すようにして内部を掻き回した。

「痛い、痛いっ。アソコが壊れちゃう」

「早く言えよ」

「……四回」

「ふんっ、若い男の性欲は底なしだな。そいつとは何回やったのが最高なんだ？」

「こだわるのね。どうでもいいじゃない回数なんか。よく覚えてないし」

「嘘だ。白状しろ」

彼は空いている方の手で乳首をつまみ、指で挟んでつぶした。

「いや、引っ張らないで。痛いわ」

「このおっぱいもずいぶんしゃぶられたんだろうな」

「そうよ。彼、私の胸がとっても気に入ってるみたい。いつも吸うか触るかしているの。私の胸に顔を埋めていると、安心するんですって。まるで赤ちゃんなのよ。だからキスマークもつけるんだわ」

麻奈美はわざと岩下を刺激するような言い方をしてみた。父親ほども年の離れた彼が、自分の息子より若い和樹に嫉妬するのを見てみたいと思ったからだ。

「で、何回なんだ。十回ぐらいやったのか？」

彼は乳首に吸いつき軽く歯で挟むと、そのままぐいっと引っ張り上げた。

「いやいやっ、そんなことしたら形が変わっちゃう。痛いから、やめて……言うわよ。最高は確か八回だわ。たいしたことないでしょ」

あれは確か三度目に和樹が部屋を訪れた時だった。何回できるか挑戦したいと彼が言い出し、スポーツのような感覚で始めたのだが、先に音《ね》をあげたのは麻奈美の方だった。摩擦で局部が擦り切れて痛み出し、吸われどおしの乳首も赤く腫《は》れあがってきたのだ。岩下との交渉では一度も経験したことのないことだった。

「なんだ、思い出してるのか。うっとりして」

岩下の右手がずぼっと女穴から抜かれた。膝を閉じようとした麻奈美を、彼はあわてて遮って再び押し広げた。

「だめだ。広げたままの方がいい」

「何をするの?」

「お仕置きするのにちょうどいいモノがあるんだよ」

岩下はカバンから何か紙袋に入った物を取り出した。それはいわゆる性具の一種でタマゴ型をしたローターだった。本物の卵よりも一回り小さいピンク色のつるりとした形で、スイッチは外にあり細いコードで繋がっている。

「なあに、それ」

「決まってるじゃないか。アソコに入れるんだよ」

「いやっ、私、そんなもの使ったことない。気持ち悪いわ」

麻奈美はくるりと背を向けて拒絶したが、すぐに岩下に体を押さえつけられた。

「さんざんヤリまくった淫乱な穴にお仕置きしてやるんだ」

岩下は麻奈美の体を軽々と抱き上げ、部屋の端に置いてあった椅子に座らせた。そして浴衣の紐を二本使って、麻奈美の手足を椅子の肘《ひじ》掛け部分に括りつけたのだ。麻奈美は局部剝き出しで開脚したまま、手も自由に使えない状態になった。石榴《ざくろ》の実を思わせる女肉がぱっくりと口を開け、テーブルライトに照らし出されている。

「こんな恰好、恥かしいわ」

「恥かしいからするんじゃないか。いい眺めだぞ」

岩下はピンクのタマゴを手にして麻奈美の前に跪《ひざまず》いた。

「いやっ、そんなもの、入れないで」

「使ったことないんだろう。一度試すとヤミツキになるぞ」

「やめて、やめて……」

麻奈美は必死で体をねじろうとしたが、手足を固定されているので逃れようがない。秘部もさらけ出されたまま大きく唇を開いている。

タマゴは岩下の指で押しこめられ襞の中に消えた。岩下が手元のスイッチをオンにすると、低くくぐもったような振動音が麻奈美の股間から漏れてきた。

「な、なに、これ……中で、震えてる」

「そうだ。バイブレーターだからな」

「いやあっ、ヘンな、感じ。このヘンなの、出して。出してよー、お願いだから」

麻奈美は泣き出しそうになりながら懇願したが、彼は薄笑いを浮かべて麻奈美を見下ろしていた。

「お前は若い男とさんざん楽しんだんだろ」

「ち、ちがう。たまたまきのう……」

「嘘だ。俺が夏期講習で忙しい間、お前は教え子と昼間から乳くり合ってたんだな」

「そんなこと、ない」

「ふんっ、お前の体を見れば一目瞭然なんだよ。この間よりも妙に色っぽくなったし、アソコの色や形を見たって、セックス漬けになってることは明らかだからな。え、どうだ？　そうなんだろ？」

岩下は手早くズボンと下着を脱ぎ捨てると、麻奈美の顔の前に勃起しきったペニスを突きつけた。

「ほら、しゃぶれ」

麻奈美は何の抵抗もなくごく自然に逸物をくわえた。一気に喉奥深くまで挿されたので少しむせたが、麻奈美は目をつぶってうっとりと恍惚の表情を浮かべていた。紫がかったローズ色のルージュがくっきり塗られた唇に挟まれ、無骨な肉棹がゆっくりと出入りを繰り返す。

「ん、んむむ……」

「だんだん気持ちよくなってきただろう」

岩下は麻奈美の髪を摑んで素早くピストンさせた。色白の頬は興奮のために紅潮していたが、麻奈美はごわつく彼の陰毛に顔を埋めるようにしながら休むことなく口で奉仕し続けた。

「こんな淫乱な教師にフェラチオしてもらう生徒はさぞかし幸せだな」

麻奈美は返事もせずに口の中で舌をくねくねと動かし、ペニスに絡ませた。

「その相手っていうのは、お前を保健室でレイプした生徒だな。ん、そうなんだろ。だから言ったじゃないか。お前をやった犯人は、必ずまたお前に近づいてくるって。俺が予想した通りになっただろう」

麻奈美の舌の動きが一瞬止まった。岩下にはすべて見抜かれていたのだ。

「そいつはお前の体が忘れられなかったんだよ。そういう罪な体をしてるんだ、お前は」

――そうよ。私にもわかっていたわ。あの雨の日、依田くんがうちに来た時からうすうす気づいていたけど、彼に抱かれてあの匂いで確信したわ。保健室で犯された時と同じ体臭がしたんですもの。目隠しされていたけど、匂いだけは覚えていたのよ。でもいいの、依田くんのことは嫌いじゃないし。セックスの相性だって悪くない。それにもう私の教え子じゃなくなったし、来月になればロンドンに行ってしまうから、今のうちやりたい放題楽しむつもり……。

麻奈美は心の中でつぶやきながら、せっせと口を動かしていた。このところずっと和樹のモノばかりくわえていたので別のペニスが珍しく、自然に熱が入っていたのだ。その上、女穴の中で唸りをあげて震えているモノの刺激が一層淫《みだ》らな気分を駆りたてた。

「本当にいやらしい女教師だ。次々に生徒を食い物にするんだろう」

麻奈美は肉柱を深く頬張ると、口の中を真空にして一気に吸いあげた。

「うっ、出そうだ。麻奈美、出るぞ」

いきなりぶるんとペニスが口から引き抜かれ、直後に勢いよく噴射した樹液が麻奈美の顔面に飛び散った。

「あっ……」

「ふんっ、引っかけてやったぞ」

麻奈美の長い睫《まつげ》や桜色の頬、そしてルージュが滲《にじ》んだ唇は、どろりと粘る白濁液で汚された。

「ひどいわ、こんなこと」

手足を括りつけられている麻奈美は顔にかかったザーメンを拭うこともできない。顎に飛び散った飛沫《しぶき》がぽとりと乳房に落ちた。

「自分で舐めろ」

岩下の命令通り、麻奈美は唇に飛んだ濃い液を舌で舐めた。赤い舌がくねくねと動いてエキスをきれいに絡め取った。

「さあ、タマゴを出せ」

「どうすればいいの。引っ張ってよ、ねえ、お願い」

「気張るんだ」

「だめよ、できない」

「いつも締め上げる時みたいにすればいい。お前の膣圧ならできるはずだ」

「あっ、あふっ……」

麻奈美は下腹に力をこめてみたが、よほど奥まで押しこまれているのかびくともしなかった。何度か気張るうちに、麻奈美の顔は次第に紅《あか》く染まっていった。

「それ、もう一息だ。早くタマゴを産めよ」

岩下がからかうように言ったその時、二枚の肉フリルの中からピンク色のタマゴが唸り声をあげながらごろんと転がり出た。

「やっと出たな。どうだ、悪くなかっただろう」

だが麻奈美は疲れきったのか、震えるタマゴの刺激のせいか目をつぶったままぐったりと頭を垂れていた。

だが岩下のお仕置きはそれで終わりではなかった。

「お前のいやらしい体にうんと思い知らせてやるからな」

ようやく手足の紐をほどかれた麻奈美は、今度は床の上で四つん這いにされた。

「お願いだから、痛いことはしないでね」

麻奈美はいつものように自分から尻を差し出した。

「ゆうべもこの恰好をしたのか？　後ろから突き上げられてひいひい泣いたんだろう。お前はバックでされると燃えるからな」

「そうよ。私、バックが好きなの」

高々と突き出された尻肉の割れ目に、彼はピンクのローターをなぞった。

「またそれを使うの？……あ、あううう……」

花びらの中にタマゴがするりと消えた。だがバックからの挿入は先ほどより感じやすく、振動が脳天まで響くようだった。

「ねえ、それもいいけど……早くあなたのアレで、たくさん突いてほしいの」

麻奈美は彼の方を振り返りながら言った。

「ふん、そんなに欲しいのか。淫乱な女め」

まるでおねだりするように白いヒップがなまめかしく、小刻みに上下した。小さなすぼまりまでひくついている。

「よし、それじゃあ……」

岩下は艶やかな丸い尻たぶを両手でがっしりと押さえつけてからペニスの先で狙いを定めた。

「早くこのタマゴを取って。代わりにあなたの硬くて太いアレをちょうだい」

だが彼が狙ったのは麻奈美の望む箇所とは別だった。はち切れそうな肉柱が残酷にも麻奈美の小さな菊門に突き立てられたのだった。

「ぎゃあっ！」

麻奈美は短く叫び背中がびくっと震えた。思わず腰を引こうとしたのだが、岩下にしっかり押さえつけられているので避けることはできない。

「い、痛い。いや、いや、いやっ」

ありったけの力をふり絞って抵抗したが、暗い穴に入りこんだ棹は麻奈美が必死で押し出そうとしてもびくともしなかった。

「やめて、そこだけは、いやなの」

「麻奈美、お前、こっちの穴は経験あるのか？」

「ちゃんとしたことは、一度もないわ」

以前、岩下と付き合っていた時にも彼はアナル・セックスをしたがったことが何度かあったが、その度に麻奈美は猛烈な抵抗を示してきた。彼がふざけてほんの入り口にだけ挿入した時も、まるで殺されるかと思うほどオーバーに叫んだのだった。痛みのせいもあったが、何よりもいとおしい岩下のペニスが、自分の最も汚い場所に入ることが耐えられなかったのだ。

「お前も昔とちがうんだから経験しておいても損はないぞ」

「あー、でも痛いし、恥かしい」

「バカだな。痛いし恥かしいからするんじゃないか」

肉杭はすぼまりを無理やり押し広げ、みしみしと奥へ進入していった。

「ううーっ、抜いて。抜いてよー」

「だめだっ。さんざん浮気した罰だよ。お前のアソコは他の男のザーメンにまみれてるからな。どうせ中出しさせたんだろう？」

「だって……仕方なかったのよ」

「こっちの穴ならまだきれいだろう。それともケツの方にも突っ込んだのか？」

「し、してない。本当よ……ああ、やめて。お願い。それ以上、入れないで。痛くて、おかしくなっちゃう」

「痛いのは最初のうちだけさ。お前ならすぐにアナルがやみつきになるぞ」

岩下はゆっくりとピストンを開始した。締めつけがきついので速いスピードは無理だが、着実に深い場所まで貫いていった。

「く、狂いそうよ……ああっ」

麻奈美は遂にカーペットの床を掻きむしり始めた。顔は苦痛と羞恥で真っ赤に上気し、乱れに乱れた髪は額や首筋にべったりと貼りついていた。

「どうだ、恥かしいところを犯されている気分は？」

「くううっ」

痛みのあまり、まともに返事もできない麻奈美は唸り声をあげるのが精一杯だ。

「お前は保健室でレイプされた時だって、本当は興奮してたんだよ。だから犯人がわかっても、そいつに喜んで抱かれたんだ。え、そうなんだろう？」

「ち、ちがう」

蚊の鳴くような声でやっと口にしたが頭の中は真っ白になっていた。

「教え子に手取り足取り教えこんだのか？　それとも若い男に抱かれてヒイヒイよがってたのか？　どっちにしろ、とんでもない女教師だな」

岩下の動きがぴたりと止まり、ペニスを深く挿したまま動かなくなった。

「すごいぞ。お前のアソコに入れたタマゴの振動がこっちまで伝わってくる。おおっ、壁がぶるぶる震えてる。たまらんな」

「堪忍して。もう浮気しないから」

「ふん、この尻軽女があてになるもんか」

「お願い。両方とも、早く抜いてよぉ」

「俺のが今、入ってる場所はどこだ、言ってみろよ」

「お、お尻の穴……ああ、いや、恥かしい」

「声が小さくて聞こえない！　もっとはっきり言え」

尻たぶがぴしゃりと叩かれた。麻奈美は四つん這いになっているだけでやっとの状態だった。

「お尻の穴……ア、ナル……こ、肛門。ああ、もう、いやっ」

麻奈美はやけになって卑猥な語句を次々に吐いた。すると岩下は麻奈美の言葉に反応するように突然抜き挿しを再開した。

「おおっ、出るぞ。麻奈美のケツの中に全部出してやる」

岩下は天を仰ぐようにのけ反りながら、麻奈美の小さな穴の中にたっぷり放出した。麻奈美は膝と肘をがくがく震わせた後、床にひれ伏すように倒れた。

「どうだ、両方の穴に違う男のエキスをためこんでいる心境は？　女冥利につきるだろう」

わずか半日前に和樹の精液がまき散らされた花芯から、唸り声とともにタマゴがぽろりと顔をのぞかせた。

「ふふんっ、また産んだな」

岩下は身動きもできずにぐったりしている麻奈美を満足げに見下ろすのだった。

「こんなすごいの、初めてよ」

二穴を同時に責められて、麻奈美の下半身は痺《しび》れたように感覚がなくなって、立ち上がるどころか体を起こすこともできない。

「来週から二学期が始まるだろ。お前はまた生徒にちょっかい出すかもしれないな」

「そんなことないわ。生徒を誘惑したらクビになっちゃうもの」

「自分から誘わなくても、隙があればお前とヤリたい奴はたくさんいるんだよ。お前は言い寄られると断れない性格だからな」

岩下は裸でぐったりしている麻奈美が目の端にも入らない様子で、自分だけさっさと服を着て帰り支度を始めた。

「帰るの？」

「ああ、忙しいんだ。新学期に向けて準備することが山ほどある」

麻奈美はのろのろと起きあがってシャワーを浴びにバスルームに向かった。

「時々お前の体を点検するからな。浮気したらすぐにわかるぞ」

岩下は裸の後ろ姿に向かって言い放った。

タクシーでマンションに帰り着いた時、時計は十一時半近くになっていた。

ひどく疲れていた麻奈美はバッグだけ置くとバスタブに湯をため始めた。ゆっくり風呂に浸《つ》かってすぐにベッドにもぐりこもう。ゆうべは和樹といっしょで少しうとうとするとすぐにのしかかってくるので、あまり眠れなかったのだ。

ワンピースを脱ぎ、ブラジャーを取ってパンティだけになった時、電話が鳴った。和樹には携帯電話の方の番号しか教えていないし、実家の両親は早寝するのでよほどの用事でない限りこんな時間にかけてこない。岩下はまだ帰宅途中の車の中だ。だれだろう……と思いながら受話器を取った。

「もしもし竹本先生ですか、こんばんは。福永です」

深夜なのにやけに元気な声が響いてきた。

「すいませんねえ、こんな時間に。先生、ずっと出かけられてたでしょ。今、帰ってきたんですか？」

「ええ、そうですけど。あの、何か」

「いえね、ご挨拶が遅くなったんですけど、僕、引っ越したんですよ。この間の日曜日に。先生のマンションの真向かいにある四階建てのグレーの壁の……ええ、お近くになりましたね。先生の部屋は三階の角でしょ。さっき電気がついたんで帰ってきたんだなって思って」

麻奈美は思わず振り向いて部屋のカーテンが全部閉まっているかどうか確認した。なにしろ麻奈美は黒の透けるパンティしか身につけていないのだ。

「実家の山梨からぶどうを送ってきたんですよ。それでお裾分けしようと思うんですけど、今からお持ちしますよ」

「ええっ、でももう遅いですから。また今度」

「でもうちの小さい冷蔵庫に入りきらなくて。ぶどうっていうのは、冷やしておかないとどんどん傷むからなるべく早く……あ、もう着いちゃった」

ドアのチャイムがピンポンと鳴ったので、麻奈美は飛び上がるほど驚いた。福永悟は携帯電話で話しながら歩いて来たのだ。チャイムは二度三度とけたたましく鳴り、ドアをとんとん叩く音も響いた。

麻奈美は電話を切りあわててバスローブをはおると、ドアのロックをはずした。すると待ちかまえていたのか途端にドアが大きく開いて悟が入ってきた。

「あ、あの……」

「へえ、ここが竹本先生の住まいなんだ。さすが女の人の部屋はきれいですね」

悟は中をのぞきこむようにしながら言った。椅子の背には脱ぎ捨てたワンピースと黒のレースブラが無造作にかけてあった。麻奈美はあわててそれらを丸めて椅子の下に隠したが、悟にはもう見られたかもしれない。

「ぶどう、ここに置いときますね」

「ありがとうございます。わざわざ」

麻奈美は悟の非常識な行動を不愉快に思っていたが、顔には出さず早く帰ってもらうことだけを考えていた。

「今からお風呂ですか。お湯、あふれないかな」

バスルームの方を見ながら悟が言ったので、麻奈美は「失礼」と言って蛇口を止めに行った。

「あの、ちょっと話があるんですけど、少しだけいいですか」

悟は部屋に上がりたい素振《そぶ》りを見せた。

「すみません。私、こんな恰好ですし、また明日にでも改めて」

「どんな恰好でも、僕はぜんぜん構いませんよ。長居はしませんから」

「あ、でも……」

悟の図々しさに呆《あき》れながらもきっぱりとは断れないでいた。

「依田和樹はたびたびお邪魔しているようですが、僕はだめなんですね」

「えっ……」

思わず息を飲んでしまったその表情を悟は見逃さなかった。

「やっぱり何度も来てるんですね。実はきのう見たのが初めてだったんですけど、どうも部屋に入って行き方が慣れているというか……思った通りだ。あいつ、何しに来るんです？」

悟の作戦にまんまとはまって麻奈美は顔が真っ赤になっていた。

「あがってお話ししていいですよね」

麻奈美の返事を聞く前に悟は部屋にあがってきた。きちんと靴をそろえ「お邪魔します」と言った。

「で、いつからなんです？　先生と依田和樹の関係は？」

悟はベッドの端に腰を下ろしながら聞いた。

「関係って、そんな……」

「とぼけなくてもいいんですよ。わかってることですから。大丈夫、僕は口の堅い男ですから安心してください。でもね、僕もただ黙っているっていうわけには……そこまでお人好しじゃないですよ。あ、先生、襟元からおっぱいがちらちら見えてますよ。すごいんですね、先生は噂どおり巨乳なんだ。これじゃ、依田和樹はたまらなかったはずだな。なにしろあいつはまだ十七だから。でも学校をやめた途端にそういう関係になるっていうのは、やっぱりまずいですよ」

麻奈美は覚悟を決めて、悟の言いなりになることにした。それ以外、自分の身を守る方法はなさそうだし、ここで彼を怒らせれば和樹の親にも知られる危険がある。

悟は自分では手をかけなかったが、麻奈美にバスローブを脱ぐように言い、ベッドに横になるよう指示した。ベッドサイドの照明は麻奈美の体に当たる角度に調整され、悟は部屋の隅の暗がりに座りこんだ。

「僕はオナニストなんでね、ここでじっくり観賞させてもらいますよ。ああ、先生のおっぱいは仰向けになってもまだしっかりお椀型に盛りあがってますね。ちょっと、自分で揉んでみてください。先生もやっぱり、たまにはオナニーとかするんでしょ。そう、もう片方の手はパンティの中に入れて」

悟はズボンの中に入れた手をせわしなく動かし始めた。

「ああ、すごい。スケスケのレースのパンティですね。こんなの学校にもはいてくるんですか？　僕は竹本先生のイメージっていったら白の木綿の下着っていう感じだったのに。それじゃ、そのセクシーなパンティ、脱いじゃってください」

「でも、そ、それは……」

「うるさい！　あなたは逆らえるような立場ですか？　黙って僕の言う通りにすればいいんだ」

突然の強い口調に麻奈美はすっかり萎縮して、命令通りにパンティをずり下ろした。

「一気に下ろして……そう、足からはずしてください。それをこっちに投げて」

麻奈美が丸めてベッドの下に捨てた小さな布きれを、悟はすぐに拾い上げ顔にあてがった。

「ああ、メスの匂いがする。これが先生のアソコの匂いなんですね。さあ、もっとよく見せてくださいよ。先生の大切なオンナの部分を」

彼は片手で自らの逸物をしごきながら次々に注文を出した。麻奈美は膝をたてて足を左右に大きく開脚し、指で花びらを広げさせられた。

「両方の指でちゃんと広げて。もっとよく中の方まで見せて。ああ、先生、最近ヤリすぎじゃないですか？　アソコがだいぶ荒れちゃってますね。ところどころ擦り切れてるし。どうせ今夜もどこかの男とやってきたんでしょう。いやらしいなあ……もっとしっかり広げて」

麻奈美は泣き出しそうになりながら、両方のひとさし指でエラの部分を左右に引っ張った。

「おお、すごい、奥はきれいなピンク色してひくひく動いてますよ。先生、濡れてるんですか？　なんだかてらてら光ってますよ。もしかして僕に見られて興奮してるんでしょ。なんて、淫乱なんだ。それじゃ、今度はポーズを変えて、犬の恰好をしてみてください。早く！　なにぐずぐずしてるんですっ。アソコ丸出しにして、今さら恥かしがってる場合じゃないでしょ」

麻奈美は覚悟を決めてのろのろと四つん這いになった。

「うん、いい腰つきだ。そのつやつやした真っ白なお尻に齧りつきたくなりますよ」

悟からは膝を開けとか、もっと腰を突き出せなどあれこれ容赦ない注文が飛んだ。彼は麻奈美の姿を眺めながら、パンティを嗅《か》いだり舐めたりしたが一時も右手の動きは止めなかった。彼は照明の位置を変えて、麻奈美の下半身に正面からライトが当たるように工夫した。

「ああ、後ろからでもよく見える。ぱっくり口を開けてますよ。先生、そのポーズ、慣れてますねえ。バックでやるのが好きなんですか？　どうです？　当たりでしょう。先生みたいな人に限って、バックから突かれてよがるんだ。で、どっちの穴を責められたんです？　当然、お尻の方だって経験、あるでしょう？　ん、なんか腫れてるみたいだなあ。さてはアナル・セックスしてきたな。どうなんです？」

麻奈美は四つん這いにさせられるという屈辱に耐えながら、シーツの端をぎゅっと握りしめた。照明に秘部をさらされ、恥かしいポーズをとらされ、その上肛門性交してきたことまで見抜かれてしまい耳をふさぎたくなるほどだった。

「ああ、やめて。これ以上私を辱めないで」

たまらなくなって麻奈美はつぶやいたが、悟は右手を動かしながら不敵な笑いを浮かべていた。

「ちゃんと質問に答えなさい。アナルに突っこまれたんですか？」

「……う、うう……」

「よく聞こえないな。YESなら、お尻の穴をひくひくさせてみてください」

「……ひ、ひどいわ。そんなことまで……」

麻奈美の小さなすぼまりは、巾着の口のようにきゅっと引き締まったかと思うとまた緩んだりを繰り返した。

「ああ、すごい。穴が生き物みたいに動いてる……おおっ、いくっ」

悟は逸物がちぎれるのではないかと思うほど強く速く手を動かし、その後ぴたりと止んだ。

「ふうっ……」

フローリングの床に白濁液を飛ばしたまま拭うこともせず、悟はゆっくりと立ち上がってズボンを上げるのだった。

第五章　若竹いじり

二学期が始まってから麻奈美の学校への足取りは重かった。

悟は校内では何食わぬ顔でごく普通にしているが、いつまた接触してくるかと思うと気が気でなく、できるだけ避けるようにしていた。

始業式の後の一週間は短縮授業なので午前中で授業は終わる。ある日の四時間目、二年C組の教壇に立っていた麻奈美は授業の最中に気分が悪くなってしまった。夏の疲れが出たのかめまいがしてまっすぐに歩けないような状態だった。残りは自習にさせて、早々に教科書を閉じた。

「やばっ、麻奈美ちゃん、もしかしてツワリ？」

「ちゃんと生理きてるー？　何日遅れてるのかな」

「わおっ、オシッコ取って検査しないと」

ヤジを背に受けながら麻奈美は教室のドアを閉め、保健室に向かった。

避妊薬を服用しているので妊娠するはずもないのだが、なぜかどきりとしていた。そういえば谷川めぐみは二学期が始まってから一度も姿を見せていない。まだ腹の目立つ時期ではないはずだが、どのような結論を出したのか気になった。和樹もこのところぱったりと麻奈美のマンションに来なくなった。おそらくロンドン行きの準備で忙しいのだろう。悟にも知られたことだし、和樹にはもう来てほしくなかったし、もしやって来ても部屋には入れないつもりだ。

麻奈美は保健室のベッドに横になりながらあの事件のことを思い出していた。忌まわしい出来事だが、皮肉なことに自分を犯した和樹と交際するようになり、その後も幾度となく関係するとは思いもよらない展開だ。おまけにそのことを理由に悟にゆすられているのだから、全く人生はいつ何が起こるかわからない。それにしても自分がこれほどセックス好きな女だったとは、と麻奈美は我ながら驚いていた。

硬いベッドにもぐりこみ、じっと目をつぶってめまいがひくのを待っていた麻奈美は、ふいに人の気配を感じて薄目を開けた。

「竹本先生……」

やって来たのは荒川信也だった。宿題を忘れて立たされた小学生のような表情で麻奈美の方へ近づいてきた。

「具合、だいじょうぶですか？」

「ええ、さっきよりは良くなったわ」

麻奈美は横になったまま視線だけ信也の方に向けた。

「よかった。俺、心配でずっと保健室の前にいたんです」

信也はこれまで見たこともないほど神妙な顔をしていた。そういえばいつもなら真っ先にヤジを飛ばすはずなのに、きょうは一言もなかった。

「先生、俺、どうしても言っておきたいことが。あの時のこと、先生に謝らなくちゃって、ずっと悩んで、夏休みの間中考えていて……俺、取り返しのつかないことをしちゃったから、もう学校辞めるしかないって決心したんです」

後は言葉にならず、うつむいて低い唸り声のようなものを発するだけだった。

「先生、言い訳するつもりはないけど、でもあの……あん時、俺は先生を保健室に誘ったけど、でも実際に……」

麻奈美は後の言葉を遮るように彼の口にそっと手を当てた。

「わかってるわ。荒川くんは加わってないんでしょ」

「あ、でも、止めなかったっていうことは、加わったのと同じじゃないかって。俺、その場にいたんだし、やっぱりどんなことがあってもやめさせるべきだった」

「だれが主犯なのか、だいたいわかってるのよ。私をレイプした犯人」

レイプ、という言葉に反応したのか信也はうっと喉をつまらせた。

「俺、先生のことずっと前から好きだったのに、よりによって先生をこんな目に遭わせるなんて。俺、もう死にたいよ」

白い開襟シャツを着た肩が小刻みに震えていた。信也はあまり背も高くなく痩せているが、水泳部のメンバーだけにそれなりに鍛えられ締まった体つきをしている。一学期の終わりには肩につくほど伸びていた髪を短く刈り込んでいた。

「髪、短い方が似合うわよ」

麻奈美が微笑《ほほえ》むと信也はやっと少し安心した表情になった。

「こっちにいらっしゃい」

麻奈美は手を差し出した。ノースリーブのブラウスから伸びた真っ白な腕が信也の首すじに伸びてきた。

「あ、あの俺……」

「私のこと好きって言ってたでしょ」

「ああ、はい」

「だったら、きて。もうみんな帰ってるでしょ。こんな所、だれも来ないわよ」

麻奈美はベッドの上でゆっくりと上半身を起こし、ブラウスを脱ぎ白のレースブラのホックに手をかけた。

「男の子たち、噂してるでしょ。私のブラのサイズ。教えてあげる。七十のDカップよ。みんなが思ってるほど巨乳じゃないんだから」

はらりと取り去ったブラの下から真っ白な双丘が現れた。それでも麻奈美の華奢な肩や胸板には不釣り合いなほど乳房は重たげに実っていた。

「ああ、夢みたいだ」

信也は麻奈美に抱きつき胸に顔を埋めてきた。じっと目をつぶって皮膚の肌ざわりと匂いを感じとっているのか、鼻先を谷間にあてがったまま動かそうともしない。

「ほら、吸って」

麻奈美は赤ん坊に授乳させるように自分で乳房を摑んで信也の口に乳首を含ませた。だが彼は遠慮ぶかげに舌でなぶったりつついたりするだけで、和樹や岩下に比べてずっと未熟に思えた。

「ん、ああ……」

稚拙な仕方だが麻奈美は十分に感じてしまい、思わず吐息を漏らした。すると信也は急に強く吸引し蕾に歯をたててきた。

「痛いっ、そんなに強くしないで」

「あ、ごめん。だいじょうぶ？　痛かった？」

「平気よ。そんなに怖がらないで」

麻奈美が頭を撫でてやると、彼は安心したようにもう片方の乳房を吸い始めた。

「ああ、先生、俺、がまんできそうもない。ほら、もうこんなに」

信也は上気した顔を上げて言った。立ち上がった彼の股間に目をやると、制服のグレーのズボンの上からでもはっきりとわかるぐらい股間の部分がせり上がっているのがわかった。

「早く脱いで、いらっしゃい……」

麻奈美はスカートとその下のパンティを素早く脱ぎ捨て、一糸まとわない肢体をベッドに横たえた。

「ああ、先生。俺、こんなことして、バチあたらないかな」

信也は目の前の裸体に釘づけになりながら、開襟シャツとズボン、その下のトランクスをむしり取るように脱いだ。信也は小柄ながらよく引き締まった、均整のとれた体をしていて、はちきれんばかりにそそり立った股間のモノは、決して小ぶりではなかった。

「あの、ほんとに、いいんですか？」

「欲しいの、私……」

信也はまるでプールにでも飛びこむように、弾みをつけてベッドの上の麻奈美に覆いかぶさった。そしてうなじや胸に舐めるようにキスをしていった。

「俺、ヘタだけど」

「そんなこと、気にしないで」

「和樹みたいに女の子とたくさんやってないから、うまくいかないかも」

「人数なんて関係ない。質が問題よ。どういう女の子とどういうセックスをしたかが」

「あいつは安いオンナばっかり抱いてるからな」

私もその安い女のひとりなのよ……麻奈美は心の中でつぶやきながら、よく日に焼けている信也の滑らかな背中を撫でた。

「そろそろ、入ってもいい？　ああ、緊張するなあ」

「だいじょうぶよ」

彼は勃起しきった逸物を麻奈美の女唇に突き立てようとやっきになっていたが、うまく入り口に命中せずに焦っているようだった。

「ごめん」

「落ち着いて。私にまかせなさい」

麻奈美は自分から足を大きく開き、ペニスの根元をそっと握り壺口に誘導してやった。

「ここよ」

信也はひと呼吸してから、ぐさりとひと思いに突いてきた。花門を突破した肉杭はいきなり深々と奥まで進入してきた。

「ああ、先生のここ、あったかくて気持ちいい」

抜き挿しが激しすぎて、すぐはずれそうになるので麻奈美は彼の腰にしっかりと足を絡みつけた。よく鍛えられた褐色の腰に真っ白なかぼそい脛《すね》が巻きついて二人の下半身は完全に一体となっていた。

「あんっ、すごい……いいわ」

麻奈美は彼のテンポに合わせて自分も下から腰を使った。アナルの周辺に力を入れてヴァギナの奥を引き締めるようにすると、膣壁がしっかりとなかの獲物を包みこみ入り口がきゅっと絞れるのだ。

「ううっ、先生、そんなことすると、俺、たまんなくなる」

「でも、気持ちいいでしょ」

「すごい締まってる。ああ、なんか折れそうだ」

打ちこみのスピードが一段と速くなった。まるでスポーツジムでトレーニングしているようなピストン運動で、あまりの激しさに麻奈美の体は徐々にずり上がってベッドの柵にぶつかった。

麻奈美は喘《あえ》ぎながらも掌で信也の体のあちこちを撫でさすり、なめし皮のような肌やこりこりした筋肉の感触を味わった。日焼けし残った白く形の良いヒップに麻奈美は両手を当てがい筋肉質の尻たぶをじっくり撫で割れ目を指でなぞった。

「ああ、そんなことしたらがまんできない」

「ふふっ、だってこのお尻、好きなんだもの」

「だめだっ、イキそう」

「なかに出して。全部よ」

信也はぎゅっと目をつぶり、せつない声をあげて果てた。

息づかいが元に戻るまで、麻奈美はしばらくの間信也の頭を撫でていた。

「すごく、たくさん出た気がする」

「そう、よかった」

二人はどちらからともなく体を起こし、黙って脱ぎ捨てた衣服を拾いあげ、再び身につけ始めた。すっかり元通りの姿になるまで、二人は一言も口をきかなかった。

「俺、決心した。やっぱ、学校やめる」

「やめて、どうするの？　何か目的でも？」

「店、手伝うんだ。俺がやらないとね」

信也の実家は何代も前から続いている料理屋だ。最近になって父親が病気で倒れ、あまり無理できない体になったため、少しでも早く修業を始めようという気になったようだ。

「高校は定時制に変わることもできるのよ」

「ありがとう、考えてみるよ」

「そんじゃ、先生も元気でね。体、大事にして」

信也は少しだけ手をあげると、まるでトイレから出るような気軽さで保健室を後にした。

ベッドから下りると少しめまいがしたが、シーツの皺《しわ》を手で伸ばし毛布をきちんと畳んでから、麻奈美もまた何事もなかったように廊下へ出た。また一人、若いオスを食べてしまった……心の中でつぶやいた。

麻奈美が職員室で帰り支度をしていると、福永悟が席に戻ってきて大きなため息をついた。大半の教諭は帰宅した時間なのに、彼はまだ残っていたらしい。

「二時間以上、校長室にいたんだ。疲れるはずだよ」

悟はわざと麻奈美に聞こえるように言った。

「何かあったんですか？」

あまり興味がなさそうな口調で麻奈美は質問した。

「谷川めぐみの両親がやって来て大変だったんですよ。もう噂になってるみたいだから、竹本先生もご存じかもしれないけど、谷川は妊娠してたんですよ」

その名前を聞いて麻奈美はどきりとした。彼女の秘密を知っているのは自分だけだと思っていたのだが、遂に両親にうち明けたのだろうか。

「ま、それだけならそう珍しくもない話なんですけどね……」

悟の話によると、めぐみは八月の終わりに流産し、救急車で病院に運ばれたのだが、両親はその時まで妊娠の事実を知らされていなかった。めぐみの容体はかんばしくなく、まだ入院しているという。彼女の両親の怒りは大変なもので、依田和樹とその両親が呼び出されて話し合いをもうけたのだが、あまり反省のない和樹と慰謝料の額を提示するだけの父親の態度に、めぐみの両親は激怒し学校に訴えてきたのだった。依田和樹の被害にあっている女子生徒はきっとほかにもいるはずだというのだ。

実は私も被害者のひとりなんです、と告げた時の悟の反応を見てみたいと思った。

「まったくもう、ただでさえ忙しいっていうのに」

「そんなことがあったんですか」

めぐみが流産した話は初めて聞いたので麻奈美は驚いていた。

「しかし依田はすでに自主退学した生徒ですからねえ。まあそれでも、学校は関係ないってむげにつっぱねるわけにもいかないんですよ。なにしろ二人が関係したのは四回だか五回、全部学校内だったっていうんですから。普通はどちらかの部屋に行くとかラブホテルとか、利用するんじゃないですか？　いや、僕はその方面には疎《うと》い方ですけど。それでも学校の非常階段とか、裏庭とか美術室とか、どこでもかしこでもなんです。谷川の両親は学校の管理がなってないって文句言うんですけどね。まるで発情したケダモノのオスとメスですよ、まったく」

悟は吐き捨てるように言ってからまたため息をついた。担任の彼は教頭といっしょにめぐみの両親からたっぷり説教されたのだろう。なにしろ彼女の父親は区議会議員なのだ。

「今どきの高校生に貞操観念なんて期待する方がまちがってるかもしれないですけど、でも校内でいかがわしい行為はどうかと思いますねえ。もっとも竹本先生にとってはどうってことないかもしれないけど」

悟は先ほどまでとは違った目つきで麻奈美を見てから薄笑いを浮かべた。

「どういうことです？」

麻奈美は危険な話題に近づかないように気をつけていたが、悟の方から水を向けてきた。今度は何を嗅ぎつけたというのだろう。荒川信也とのことは、悟は事の最中ずっと校長室にいたはずだから知られるはずもないのだが。

「ええっと、あれは一学期の期末試験の初日だったかな。先生は気分が悪いからって保健室で横になっていたでしょう。僕が見回りに行った時、ベッドの上だった」

「ええ、そんなことありましたっけ」

「実はね、僕、その少し前に依田和樹が保健室から走って出て行くの、実験室の窓から見たんですよ。なぜか裏庭に通じる方の、普段使わない戸口から出て行ったんですよ。何を慌ててたんでしょうねえ」

麻奈美はできるだけ無表情を装い首をかしげたが、悟は試すような眼差しを送ってきた。

「先生もとぼけるなんてなかなかの役者ですね。先生、依田と保健室で何してたんですか？秘密の課外授業ですか？」

「私は気分が悪くて横になっていただけですけど」

「とぼけるのもいいかげんにしなさい！」

悟の態度が一変した。だれか職員室に入ってきてくれることを切望したが、しんとした室内にはよく通る悟の声だけが響いた。

「わかってるんですよ。あなたは寝ていたんじゃない。僕が入って行った時、あなたはベッドから起き上がったばかりのような恰好だったけど、靴を履いたままだったんですよ。寝るのに靴を脱がないんですか？」

「覚えていませんけど」

「ふん、あくまでもシラをきるつもりですね。僕にはちゃんと証拠があるんだ。先生が帰った後、保健室に戻ってベッドを調べたんですよ。そうしたら陰毛が数本見つかりましてね。五、六本かもう少しあったかなあ。ちゃんとビニールの小袋に入れて保存してあるんですよ。だれのでしょうねえ」

悟はおもしろがるように言い鼻で笑った。

「やめてください、そんなこと」

意識していないのに膝にのせた手が小刻みに震えていた。証拠まで握られてしまってはもう言い逃れることはできない。

「だいじょうぶですよ。知っているのは僕だけですから」

急に猫なで声になって、悟はわざとらしい笑顔を見せた。

「僕さえ黙っていればいいんですからねえ。さてと、僕はまだまだすることがあるんだ。竹本先生、今度またじっくりお話ししましょう。近いうちにお酒でも。なにしろ住まいも近いですからね」

念を押すように言ってから悟は席を立った。麻奈美は目の端に滲んだ悔し涙を指先でそっと拭った。

部屋に帰ってからも、麻奈美は授業の下調べをする気にもなれなかった。こうしている間も悟が麻奈美の部屋を監視しているのではないかと思うと、気が気でない。引っ越そうかとも考えたが、そうやって彼の神経を刺激するようなことは逆効果に思えるし、彼のような粘着質の男はいくら逃げても追いかけてくるような気がした。こちらも弱みを握られている以上、下手に逆らえないが彼の関心がほかに移ってくれるまで耐えるしかなさそうだ。

麻奈美は痛む頭を押さえながら早めにベッドに入った。なかなか寝付けなかったが、それでもようやくうとうとしかけた時、いきなりベッドの横に人の気配を感じた。

「だれっ」

麻奈美は部屋を真っ暗にしないと眠れないので、照明はすべて消している。あわててベッドサイドのあかりに手を伸ばしたが遮られてしまった。

「やめて、だれなの」

すると答えの代わりに、重たい体がのしかかってきてネグリジェの胸元を乱暴に開いた。薄ものの綿ローンのネグリジェは、簡単にボタンが飛びウエストのあたりまで裂けてしまった。両方の乳房が大きな手で摑まれ、長い指の隙間からこぼれ出た乳首が左右かわるがわる吸われた。

「依田くんね」

さらさらとした感触の長めの髪と、乳房への愛撫の仕方で和樹にまちがいないと確信した。

荒い息づかいには酒臭さが残っていた。

「どうやって入ったの」

「合い鍵あるもんね」

「そんなもの、いつ作ったのよ」

麻奈美は驚いてあかりを点《つ》け、和樹の肩を揺すった。だが彼は気持ちよさそうにいつまでも乳房にしゃぶりついている。

「いつだったか、忘れた。先生がいない時でも入れるように」

「勝手なことしないでよ」

和樹は悪びれずに言ったあと、当たり前のようにパンティを下ろしにかかったが麻奈美はその手を止めさせた。

「ちょっと、聞いて。福永先生がこのすぐ近くに引っ越してきたのよ。見つかるとまずいから、もううちへは来ないでちょうだい」

「そんなこと、俺、関係ないもんね。もう学校やめたし」

「私はそういうわけにはいかない」

「やっぱりな。あいつ、先生に気があるんだぜ。前から気がついてた。先生、迫られなかった?」

和樹の言葉を聞いてどきりとした。悟が麻奈美を意識していたことは生徒の目にも明らかだったのだ。

「近くに越して来たのは偶然だったみたいだけど」

「んなわけないだろ。少しでも麻奈美ちゃんのそばにいたかったのさ」

和樹はふざけたように言いながら、麻奈美のパンティを一気に膝まで下ろしてしまった。

「俺、きょう、やなことあってクサクサしてんの。思いっきり好きなようにヤラせてくれる?」

「嫌なことって?」

「ロンドン行き、中止になったんだ。親父が金出さないって言い始めて。ひでーよな」

「女の子を妊娠させて知らん顔してる方がずっとひどいじゃない。自業自得よ」

麻奈美はひややかに和樹を見下ろした。

「なんだ、知ってんの」

「だから言ったでしょ。ちゃんと避妊しなさいって」

「今までハラんだ女、みんなひとりで堕《おろ》してきたぜ。こんな騒ぎになったの初めてだよ」

「あなた、まともな女の子と付き合ったことないのね」

「まとも？　なんだよ、それ。あーあ、ロンドンに行ったら思いっきり遊ぼうと思ってたのになあ」

「今でも十分遊んでるじゃない。まだ足りないの？」

「うるせえなあ、おふくろみたいにごちゃごちゃ。説教聞かされてるうちにちっちゃくなってきたぜ」

「今夜はもう帰りなさい」

麻奈美は起きあがってパンティを元通りに腰まで引き上げ、乱れたネグリジェの胸元をかき合わせた。

「えー、なに言ってんだよ」

「もう、ここへは来ないで」

「福永にばれるのが怖いんだろ。教え子をさんざん弄んだくせに、飽きたらポイか。先生、言っとくけど、俺、まだ十七なんだぜ。教育委員会とかに知られたら先生の方がヤバいんじゃないの？」

和樹はしゃべりながらTシャツとジーンズを脱ぎ、居直ったようにベッドの上にどっかりとあぐらをかいた。

「よく言うわよ。集団で私を襲ってレイプしたくせに」

和樹を黙らせたかったので、遂に切り札を出した。一瞬、彼の表情が硬くなったが、すぐに戻って唇の端で笑った。

「んなもん、証拠があるかよ」

「ちゃんとあるわ。あの時にベッドに落ちてた陰毛をとってあるの。私が強姦を訴えたら証拠品になるのよ」

「あんたが俺を訴えるわけないじゃん。じゃあ、なんでその後、俺と寝たの？」

「犯人があなたかどうか、確かめるためよ」

「ちぇっ」

「もう一度寝てみればわかると思ったの。私の予想通りだった。あなたの体はセックスで興奮すると独特の体臭を発するの。たぶんフェロモンの一種なんでしょ。あの時は顔を見られなかったけど、匂いを覚えていたのよ」

「その匂いがたまらないんだろ？　また嗅がせてやるよ」

和樹はいきなり麻奈美を押し倒すと馬乗りになった。

「いや、やめて」

「あんた、俺に抱かれてすっげえ喜んでたよなあ。声がデカくてビビリそうになったぜ」

麻奈美が足をばたつかせて抵抗すると、和樹は小さな紙きれほどのパンティを簡単に裂いてしまった。

「無理やりされると燃えるんだろ。きっとマゾなんだ」

「ち、ちがう……やめて」

「俺、わかるんだ。本気でイヤがってるのと、頭では嫌がってるけど体は欲しがってるのって、違うんだ。あんたは後の方だった。最初、無理やりねじこんだ時は思いっきりキツかったけど、だんだんゆるくなってきて。最後は俺のちんちんにアソコが吸いつく感じですっげえ気持ちよかった。あれ、忘れられなかった」

和樹は懐かしがるようにつぶやいた後、麻奈美の膝をぐっと押し広げた。うすい草むらから生々しい女肉が唇を開いた。

「やめて。もう何も言わないで」

「恥かしいんだろ。当然だよな、ほんとのことだから」

薄もののネグリジェは無惨にも引き裂かれ、幾筋かの布きれになっていた。

「早く四つん這いになれよ。バックでされると感じるんだろ」

麻奈美はいやいやをするように首を振ったが、あっけなく裏返された。

「こんなスケべな女教師、どこ探したっていないよ。自分からケツは振るし、フェラチオしてくるし、ザーメンは飲むし……」

背後から貫かれると、麻奈美は途端に抵抗をやめ「くうっ～」と小さく呻《うめ》き、自分から腰を差し出してきた。

「出ました、得意のわんわんポーズ。めちゃ卑猥」

麻奈美は背中をおとし、つやつや輝く剝きタマゴのようなヒップを高く突き出した。肉茎はゆっくりと出し入れを繰り返し、途中深く挿したかと思うと「の」の字を書くように中でぐりぐりと旋回させたりした。

「あは～んっ」

少し前まで和樹をたしなめていた教師と同じ人物とは思えないような乱れ方だった。

「どう、これがいいんだろ。『きく、きく』って何度も叫んだもんな」

「もっと突いて」

「いいよ、アソコが壊れるぐらいやってやる」

和樹は両手でヒップをがっしり押さえて固定すると一気にスパートをかけた。まるでフィルムの早回しのように逞しい尻が、激しく左右に振れる。上半身が微動だにしないのに、腰だけ目にも留まらないスピードで動く様子はゼンマイ仕掛けのおもちゃを思わせた。

「す、すご……すごいわ」

ピストンの振動が伝わって麻奈美の乳房が小刻みに揺れた。重みでずっしり下がった肉塊を、和樹は下から手を伸ばしてわし摑みにし、こねるように揉み、先端をつまみ上げた。

「ねえ、前も……いじって。お願い」

麻奈美は這ったまま振り返り、虚ろな視線で和樹を見上げた。

「ここか？　あ、もう勃起してる」

和樹は最も敏感な真珠粒をつまみ出し、指先を押しつけてくりくりと回した。

「あ、いや、感じすぎちゃう。ああー、だめぇ」

指で肉芽を弄びながら、和樹は麻奈美の背中に覆い被さるようにしてバックから責め続けた。サラブレッドのような引き締まった尻肉がもりもりと動く。突然、麻奈美は頭を反らせがくがくと揺らし始めた。

「いったか？　ねえ、いっちゃったの？」

麻奈美は返事もできず枕に顔を押しつけていたが、彼はまだラストスパートの態勢には入らなかった。

「ああ、アソコが緩んでくる。さっきまでぎゅうぎゅう締めつけてたのに、イッた後は緩むんだよな」

「だって力が抜けていくんだもの」

「ふうん、じゃ、ちょっと遊んじゃおかな」

和樹はペニスを挿したままの状態で少しだけ上体を後ろに引き、麻奈美のすぼまりにそっと手を当てた。そして両手を使って皺を伸ばすような仕草で暗い穴を広げた。

「だめっ、何するの！　やめて、やめてっ」

麻奈美の声が急に鋭くなった。

「あれえ、先生、ここ感じてるの？」

「いや、離して。手を離してよ」

麻奈美は体をよじるようにして抗ったが、後ろから突き挿されているので身動きがとれない。差し出された下半身は和樹の思うままに遊ばれた。

「そうか。やっぱりマゾなんだな。こうするとよく見える。入り口は黒ずんでるけど、中の方はきれいなピンク色だ」

和樹は面白がるように麻奈美の菊門を指で弄び、広げたりつついたりを繰り返した。

「はあっ、お願いだから、もうやめて」

振り返った麻奈美の目尻には涙が浮かんでいた。手足はトリ肌がたち膝はがくがくと小刻みに震えていた。

「ん、また締まってきた。ううっ、入り口が締めつける」

和樹は指いじりをやめて、再び麻奈美のヒップをがっしり抱えこむと一気に加速した。まるで恨みでも晴らすように猛烈な勢いでピストンすると、汗ばんだ二人の肌が触れ合うぴたぴたという音が響いてきた。

「だめだっ、もう、イクッ」

その瞬間、和樹は素早くペニスを抜くと、麻奈美のすぼまりに擦りつけ、たっぷり放出した樹液をなすりつけた。

「汚しちゃった、先生のアナル」

麻奈美は排出された粘液を拭おうともせず、そのままベッドに突っ伏した。

和樹がシャワーを浴び服を着て、声もかけずに部屋から出て行った後、ようやく麻奈美は体を起こした。

第六章　実験室は蜜の匂い

翌日、麻奈美はできるだけ福永悟を避けていたのだが、案の定彼の方から声をかけてきて、大事な用事があると告げられた。

「人に聞かれたらまずい話ですからね。放課後、理科実験室に来てください」

耳元で囁《ささや》かれた時、麻奈美は覚悟していた。ゆうべも彼はきっと麻奈美の部屋を監視していて、和樹がやって来たのを見逃さなかったのだ。

放課後、ほとんどの生徒が下校し教員たちも職員室から去り始めると、悟は何食わぬ顔で席を立った。麻奈美とは視線を合わせなかったが、わざと麻奈美の目の前を通って行ったので、彼なりにアピールしたつもりだろう。

しばらくの後、麻奈美は帰り支度をしてから理科実験室に向かった。実験室は校舎一階の奥にあり、隣は保健室になっているので人目にはつきにくい。放課後のこの時間にはあたりは人気がなくしんと静まり返っていた。

麻奈美は念のため周囲に目をやってからそっとドアを開けた。薬品の匂いがツンと鼻をついた。室内は照明が消えていたが一カ所だけスタンドが点いていた。

「さあ、どうぞ。竹本先生、こちらへ」

実験台の前に座っていた悟は、気味が悪いほどにこやかに麻奈美を迎え椅子をすすめた。

「僕はここへ来るとほっとするんですよ。できれば職員室なんか素通りして、直接ここへ来たいぐらいだ。アルコールランプがありますからね。ひとりでこっそりお茶やコーヒーいれて飲んだりすることもあるんです。ああ、ちょうどお湯が沸いたところだ。きょうはね、香港で買ってきたプーアール茶があるんです。なかなか上物ですからぜひ味わってください」

悟は上機嫌な様子でビーカーで沸かした湯を使って茶をいれ始めた。彼は本格的な中国茶の道具まで持っていて、小さめの湯呑みに褐色のプーアール茶を注いだ。

「どうです。ちょっと苦いけど案外すっきりした味でしょ。どうぞ、もう一杯」

麻奈美はすすめられるまま茶を口にした。二人で茶を飲むためにここへ呼んだわけではないだろうが、ここまで機嫌がいいと気味が悪い。

「あの、私に話って……」

悟が三杯目を注ぎ終わった時、麻奈美は思いきって口を切った。

ため息をひとつついた後、彼が話し始めたことは予想通りの内容だった。ゆうべ和樹が麻奈美の部屋を訪れたことを彼は知っていた。

「合い鍵まで持たせて、あなたも相当依田和樹に入れこんでいるんですね」

「持たせてなんていません。合い鍵は私の知らない間に勝手に作ったんです」

「どっちでもいいですが、これで彼はあなたの部屋に入り浸りだ。ロンドンにも行かなくなったようだし」

「入り浸りだなんて、そうはさせません。鍵はすぐに取り替えるつもりです」

「ほう、あなたにそんなことできますか」

悟の目つきが徐々に変わってきた。麻奈美をいたぶるような視線を投げかけてきた。

「もちろんできます」

「じゃあ、彼の求めには？　拒否できるんですか？」

「ええできます。一歩も部屋の中には入れません」

「あなたのアソコの中には？　部屋に入れなくてもアソコには入ってきて欲しいんじゃないですか？　どうです」

「やめてください」

悟が立ち上がって麻奈美の方にやって来たので顔をそむけた。しかし彼は麻奈美の肩に手を置き、耳元に口を近づけた。

「若くてイキのいいアレが忘れられないんでしょ。ゆうべも声が漏れてましたよ。先生、すごく激しいんですね。それともあいつのモノはそんなにいいんですか」

麻奈美は思わず息を飲んだ。悟はマンションの部屋の前まで来ていたのだ。それとも盗聴器でも仕掛けているのか。どちらにしてもぞっとした。もう彼の行動はストーカーといっても過言ではない。

「福永先生、私と寝たいなら、はっきりそうおっしゃれば？　そうやってねちねちいじめるの、男らしくないと思いますけど」

麻奈美は目をそらすのをやめて、毅然とした態度で悟と向き合った。彼の表情に、一瞬驚いたような戸惑いが浮かんだがすぐにまた口を歪めて笑った。

「あなたもわかってないなあ。僕は単にあなたとセックスしたいだけじゃない。それならもうとっくにやっちゃってますよ。僕はそんな単純な男じゃないんです。ペニスをヴァギナに入れてごしごしする……そんな行為にはほとんど興味ありません。依田和樹のように、とりあえずそこらへんの穴に突っこめば満足するっていう男がうらやましいですね」

「じゃあ、何をお望みなの？　私にどうしろと」

「ふふん、徐々にわかってきますよ」

「変態趣味をお持ちなんですね」

「変態？」

悟の態度が一変した。いきなり麻奈美は両頰に平手打ちを受けた。パン、パンという音がまるで効果音のように響いて、瞬間、目の前が真っ白になった。麻奈美は衝撃で椅子から転げ落ちてしまった。

「スカートとストッキングとパンティを脱いで、アソコを見せるんだ」

声は野太く変わっていた。先日の夜、麻奈美のマンションを訪れた時のような攻撃的な態度だった。麻奈美は打たれた頰を押さえながら言われた通りにした。

「早くしろ。脱いだらここに座れ」

悟が指さした机は、授業で生徒たちが使う実験台だ。彼はアルコールランプやフラスコやシャーレ、試験管立てなどを脇に寄せて場所をあけた。

――きっとまた見ながらオナニーするんだわ。まともにセックスする自信がないのね。

下半身が剝き出しになった麻奈美は台の上にしゃがみながら思った。アソコを見せたって別に減るものではない。それより下手に逆らって和樹とのことをばらされる方がずっと困るのだ。

「もっと足を開け。淫乱な◯◯コをよく見せろよ」

開帳しあらわになった部分に悟は電気スタンドの光を当て指図した。

「ここに入ってきたペニスは食いついて離さないんだろうな」

悟はピンセットを手に近づいてきて、麻奈美の前にかがみこむと女肉の襞を丁寧にめくっていった。

「ああ、なかが見えてきた。きれいな色だ。濡れたみたいに光ってるぞ。きっと獲物を欲しがっているんだ。こっちはどうだ」

ピンセットの先が蕾を探ると器用に皮を剝き、敏感な肉芽をつまんだりつついたりした。

「いやっ、やめて」

麻奈美の下半身がひくっと震えた。

「ふんっ、ここが感じるのか。あいにくだがいじってやらないぞ」

悟はひややかに言うと、台の前に置かれた肘掛け椅子にどっかりと腰をおろした。

「さあ、これを使って。オナニーするところを見せてくれ」

「何これ、いやよ」

渡されたのは空の試験管だった。

「これをアソコに入れるんだ」

「……できない。入らないわ」

「何を言ってるんだ。これよりずっと太い棹を入れられてヒイヒイ喜んでいただろうが。ぐずぐずするな！」

　怒鳴られて仕方なく麻奈美は女穴に試験管を挿した。硬く冷たいガラスの筒は挿入するのに抵抗があったが、少しずつ奥へ進み半分ほど内部に消えた。

「もっと深く」

「無理よ。これ以上は入らない」

「男のちんちんならもっと深く入れてってせがむだろう。根元まで深々と入れられるのが好きなんだろう？」

　悟は自分で言いながら興奮してきたのか、ズボンの中に入れた右手をせわしなく動かしていた。

「それじゃあ、そのまま出したり入れたりを繰り返して。ああ、足をもっと開かないとよく見えないぞ。百八十度になるくらい大きく広げるんだ」

「ああ、こんなこと、いや……」

　内股の皮膚は上質な陶器を思わせる白さとなめらかさだったが、中心部は対照的に剝き出しにされた内臓のようになまなましい。麻奈美はさながら場末のストリッパーといった風情で台の上で局部に照明を当てられ、悟の思うがままに恥部をさらしていた。

「最初はいやがっていても、そのうち恥かしいことを見られるのが快感になっていくんだ。

あんたにはその素質があるんだよ」

「お願いだから、もう堪忍して」

「ほらほら、だんだんアソコが濡れてきたぞ。汗をかいたようにしっとりして、きらきら光ってる。もうすぐ白いよだれがたらっと落ちてきそうだな。それ、もっと深く突っこむんだ、ずぶっと深く」

悟は決して自分の手は下さず、すべて麻奈美に指図した。初めのうちはぎこちなかった麻奈美も次第に顔を上気させ、自分から腰を浮かせ前に突き出すようになっていた。

「あああ、入る……入っていく」

「そう、奥まで入ってる。こんな細いのじゃ物足りないだろうな。二、三本まとめて入れたいだろう」

「だめ、そんなこと」

「じゃあ、抜いて」

「え？」

「その試験管でクリトリスを擦ってみて。一番感じるところでしょ。今度は先生のオナニーも見せてくださいよ。先生がイクところ、見たいんですよ」

悟の口調が急に丁寧になり猫なで声になった。

思いがけない要求に麻奈美は躊躇《ちゅうちょ》したが意を決したように、目をつぶって試験管の先を肉蕾に当てた。中に入っていたので冷たさはないが少し硬すぎる気がした。

「先生はやっぱり、バイブとか使うんですか？　それとも指かな？　ああ、少し色っぽい話をしてあげましょう。その方が盛り上がりますよね」

悟はこの理科実験室で目撃したいくつかの話を麻奈美に聞かせた。彼によると、どうやらこの部屋は生徒たちの間で隠れ家的な存在になっていて、女子生徒を連れこむのに恰好の場所とされているらしい。

「ここは適度な広さがあるし薄暗いし、実験道具や何か物陰になるものが多いでしょ。隠れていちゃいちゃするのにちょうどいいんですよ。だからこそ、僕もその本棚の後ろに隠れてずいぶん見学させてもらいましたよ。ほとんどはまあ、キスしたりおっぱいにさわったりするぐらいですけど、中には本番する大胆な奴もいたりして。そうそう、依田和樹はここの常連でしたよ。立ったまんまでやっちゃうんですからね、まるで犬並ですよ。相手はいろいろだけど、みんな驚くほど従順で彼に言われるままなんです。机に手をついて後ろからやられてた小川真希《おがわまき》とか。あいつ、ああ見えて案外ヤリマンだったんですね、自分から尻を出してた。立ったままましてたのは……内山《うちやま》かおりだったな。信じられないでしょう、あんな真面目

「ええっ、そんな……」

な子が。意外と巨乳なんでびっくりしたんですけど。でも痛がってたから処女だったのかな。まったく依田和樹は末恐ろしいですよ」

麻奈美は試験管の先をくりくりと肉芽に押しつけながら、和樹がさまざまな女子生徒と交わっている様を頭に思い描いていた。相手の名前が出てきたのでイメージが具体的になり、妙になまなましい。小川真希も内山かおりもまじめな生徒で、ルーズソックスに茶髪といった今どきの女子高生スタイルはしていないし、クラスでもおとなしくて目立たない。おそらく和樹はそういった、繁華街ではあまり見かけないタイプの女子生徒にばかり目をつけていたのだろう。和樹の手広さに今さら驚いていた。

「しかしもっとびっくりなのは谷川めぐみですよ。ああいうしっかりした子は依田みたいなちゃらちゃらした男とは付き合わないかと思っていたんですけどねえ。まるっきりあいつの言いなりでしたね。惚れた弱味なんですかね。足元に座りこんでフェラチオさせられてた。僕、そこの本棚の陰からばっちり見ちゃいましたよ。AVなんかで見るのと違って、すごくぎこちないし、時々むせたりして、何だか痛々しくなりましたよ。きっと経験が少ないんでしょう。無理にしている感じがしました。それなのにあいつ、図に乗ってタマの方も舐めろとか口の中でいかせろだとか……」

麻奈美は悟が具体的に詳しく語る様子をいちいち頭の中で再現していた。中でも、めぐみが和樹の股間に跪いて逸物を口にしている様はひどくリアルに想像できた。めぐみが精一杯口を開けても彼のペニスは半分ぐらいしか口に収まらないかもしれないが、それでもせっせと棹をしゃぶり、乞われるまま袋まで舐めさせられていたのだ。少し前まで処女だっためぐみにとってフェラチオはあまり気持ちのいい行為ではなかっただろうが、和樹に嫌われたくないために拒否することができなかったのかもしれない。

「でも依田のやつ、結局は谷川のフェラではいけなかったのか、ここの床に四つん這いにさせてバックから突きまくってそのままフィニッシュですよ。もちろんコンドームも使わず中出しですからね、妊娠するはずだ……あれ、先生、ずいぶん盛り上がってますね。僕の話で興奮しちゃいましたか」

麻奈美は試験管を動かす手のスピードを速めてクリトリスを刺激し続けた。小柄なめぐみのこぢんまりした硬い尻に、見慣れた和樹の勃起しきった太く長いペニスが打ちこまれているのを想像すると、麻奈美はたまらないほど体の芯が疼いた。

今すぐに和樹のモノが欲しい。もしも目の前に彼のペニスがあったなら、迷わずしゃぶりついて離さないだろうし、口中に放出されたら一滴残らず飲みこむだろう。麻奈美はじっと目を閉じて、リップグロスで光る唇をうっすら開き中からちらちらと舌をのぞかせ、和樹の逸物を舐めあげる自分を思い描いていた。だがそんな夢心地な気分を悟は一瞬にして奪った。

麻奈美の手から試験管が奪われたのだ。

「先生、ひとりで勝手に気持ちよくならないでくださいよ。先生にはまだしてもらいたいことがあるんですからね」

悟は意味ありげに微笑んだ後、大きめのビーカーを取り出し麻奈美に突きつけた。

「竹本先生、そろそろトイレに行きたくなりませんか？　どうぞ思う存分ここに出しちゃってください」

彼は麻奈美の剝き出しの股間にビーカーを押しつけるのだった。麻奈美は一瞬、息を飲んだきり返事もできなかった。

「先生がおしっこするの、見たいんですよ」

「なに言ってるんですか、そんなこと……できない」

「できないじゃすまないんですよ、先生。この中に出すまで帰さないですからね」

最初は冗談としか思えなかったが、悟の血走った眼を見て麻奈美は初めて事の異常さに気づいた。

「だって、出ないもの」

「ふふん、あのプーアール茶はね、利尿作用が強いんですよ。そろそろトイレに行きたくなるはずですけどね」

だから悟はわざわざ茶を勧めたのだ。小さい湯呑みとはいえ三杯も飲んでしまった麻奈美はその話を聞いて途端にもよおしてきた。

「さあ、がまんすると体に毒ですよ。女の人は膀胱炎になりますからね。さっさと出してさっぱりしちゃいなさい」

「そんなこと、とてもできない」

「できないじゃない、出すんだ！」

悟の視線が容赦なく秘部に注がれる。麻奈美は大きなビーカーの上にしゃがみこむ姿勢を取らされたが、必死で尿意をこらえていた。

「いや、だめ……」

「がまんしているのはわかってるんだ。いいですよ、ずっとそうやってしゃがんでいればいい。どうせいつか漏らすんだから」

「漏らすだなんて、いやだわ」

「そうですよね。小さい子じゃあるまいし、お漏らしは恥かしいですよ」

「あ、あああ……」

麻奈美は腹をよじるようにして悶絶《もんぜつ》した。普段ならある程度の時間はがまんできるはずなのに、プーアール茶のせいか早くも限界がきているようだ。

「だめえ、がまんできない。お願いだからトイレに行かせて」

「いいですよ、行ってらっしゃい。ただしスカートと下着は渡しませんから、お尻丸出しのまま、廊下の突き当たりのトイレまで行くんですね。運がよければだれにも会わないし、見られないかも」

「返して、スカート返してください。お願いよ、はあっ、もうがまんできない」

実験台の上で顔を歪めて悶《もだ》える麻奈美を見上げながら、悟は自分のズボンと下着を素早く膝まで下ろした。

「見ていてあげるから、早くおしっこしちゃいなさい。さあ、早く」

悟の右手は自らのモノを摑んで激しくしごき上げた。

「ああんっ、恥かしい……でももうだめ、出ちゃいそう」

その瞬間、麻奈美は自分で股間にビーカーをあてがった。こぼさないように注意して最初はちょろちょろと、そしてすぐに勢いよく放尿を始めた。

「あ、出てるのが見える」

悟はまばたきもせずに、ビーカーの中に黄金色の液体がたまっていく様を見つめた。麻奈美は「ううっ」と低く叫んだきり固く目をつぶってしゃがみ続けた。一旦出始めたら中断することは不可能な勢いで尿が出た。

「ああ、すごい。すごい量のおしっこが出てる」

悟はペニスがちぎれそうなほどの激しい手こきを繰り返し、麻奈美の体内から最後の一滴が落ちるより前にフィニッシュを迎えた。

事を終えた麻奈美がそそくさと台から下りていると、すぐさま悟は黄色い水のたっぷりたまったビーカーを手にした。

「先生の体温であったかい。それにしてもたくさん出たものだ」

「やめてください」

麻奈美はビーカーを奪うようにして急いで流しに行き中身を捨てた。薄暗く無機質な実験室に、麻奈美のヒップは不釣り合いに生白く浮かんだ。

「いいもの見せてもらいました。これで当分、ズリネタには困らないな」

悟は自分の椅子の背に掛けてあったスカートとパンティとストッキングをそっと麻奈美に返した。


次の土曜日の夕方、麻奈美は久しぶりに岩下と会っていた。岩下はいつものシティホテルのバーではなく、こぢんまりとした割烹料理店を指定してきた。

休みの日だったが、麻奈美は外出用の服はやめて、あえて学校に行く時と同じいでたちで出かけることにした。白のブラウスにグレーの膝丈スカート、肉色のストッキングに黒の中ヒールをはいて、髪は後ろでまとめ紺色のリボン飾りで留めた。アイラインも濃い口紅もなしのナチュラル・メイクをほどこし香水もマニキュアもつけず、プラチナの小さなピアスだけが唯一のアクセサリーだった。

「なんだ、学校の帰りなのか？」

先に店に来て、カウンター席の奥に座っていた岩下は麻奈美を一目見るなり驚いたように言った。

「ううん。でもたまにはこういう私も見てもらいたいと思って」

「なかなか板についた女教師ぶりじゃないか」

「服装だけで判断するの？　あ、私も同じのもらおうかな」

麻奈美は彼が口にしていた冷酒を指さした。酒はあまり強くないが、積もる話をするには適度なアルコールは必要だ。

「いいねえ、新鮮で。いつもの服よりかえってセクシーに見えるから不思議だ」

「いやだ、オヤジっぽいこと言わないで」

「こういう時はやっぱり、下着も木綿の白をつけるのかい？」

岩下は顔を麻奈美の耳にぐっと近づけて聞いた。

「私はもともと白の木綿下着なんて持ってないの。どんな服を着ても下着はいつもと同じよ」

「すけすけブラにヒモみたいなパンティか」

「きょうはそこまですごくないけど。でもタイトスカートの時はやっぱりＴバックが多いかな。だってパンティの線が見えるのって嫌だし。階段とかで、生徒たちが見てるのよ。すごいチェックなんだから」

「Ｔバック先生か、そりゃすごい」

「ふざけないで。これでも苦労しているんだから」

「で、どうなんだ最近、そっちの方は。お前、ますます色っぽくなってきたな」

岩下は絡みつくような中年男の濃い視線を投げかけた。今夜はあえてセクシーとは無縁のいでたちをしてきたのに、彼には簡単に見破られてしまった。前回岩下と会ってからまだ一月足らずだというのに、麻奈美の発展ぶりは自分でも驚くほどだ。和樹とは相変わらず切れていないし、懺悔《ざんげ》しにきた荒川信也を自分から誘い保健室で関係してしまったし、福永悟からはゆすられて彼の思うがままに弄ばれている。特に実験室での出来事は、レイプ事件を上回るほどの衝撃だったが、あれ以来、麻奈美は自分の中で何かが変わったような気がしていた。麻奈美の体は自分で思っている以上に刺激を求めていたのだった。

「まああってとこかな」

「しゃべりたいことが山ほどあるんだろう」

岩下は目尻に皺を寄せて意味深に笑ってから麻奈美に冷酒をすすめた。

「実はね、困っていることがあるのよ」

それからしばらくの間は麻奈美がひとりで話し続けた。福永悟につきまとわれて迷惑していることを説明し、彼の異常な行為やしつこさも強調した。洗いざらい告白したつもりだが、さすがに悟がした仕打ちの詳しい表現は避けた。また、荒川信也を誘惑したことや、和樹といまだに切れていないことは話す必要もないと思って隠しておいた。

「ああ、全部話すだけで息切れがしそう。とにかく嫌なヤツなの。このところストレスでよく眠れないし、体調が悪いのよ」

麻奈美の頬はアルコールのせいか、それとも夢中でしゃべり続けたためかうっすら桜色に染まり、耳たぶも熟しかけた木の実のように赤く色づいていた。

「それは困ったね。しかしお前さんが自分から引き起こしたことだ」

「自業自得って言いたいのね」

「教え子と寝たりするから弱味につけこまれるんだ。どうせその生徒ともまだ続いているんだろう」

「いいえ。うちに来た時もすぐに追い返したわ。それにもう、私の生徒じゃないし」

「ふん、そんなことだれが信じるか」

やはり岩下に嘘をついてもすぐにばれてしまう……麻奈美は思わず目を伏せた。

「もう少し詳しく話を聞かないとアドバイスできないな。カウンターじゃあ、落ち着かないから奥に移ろうか」

「あらこのお店、奥にも部屋があるの？」

岩下は店主らしい和服を着た女将《おかみ》のそばに行き、二言三言何やら耳元で囁いた。女将はすぐに承知したらしく軽く頷いて奥に消えた。彼は麻奈美に向かってこちらへ来るようにと目配せした。

麻奈美はバッグを持って二人の後に続いた。厨房の脇の狭い通路を抜け、短い廊下を渡ると別棟に通じているらしく襖《ふすま》で仕切られている部屋があった。

「どうぞごゆっくり」

女将は部屋の前まで案内すると、襖を開けることもなくそそくさと去って行った。踵《きびす》を返す直前に麻奈美の方にちらりと視線を向けたが、岩下とは目を合わせないまま唇の端で笑った。年は四十代半ばと思われるが、和服が板についた堂々とした姿からは麻奈美には到底かなわない色香が漂っていた。

「ずいぶん静かね。こんなところまでお酒やお料理を運んでくれるの？」

麻奈美は広い座卓の前に座りながら部屋を見回した。

「いや、残念ながら酒や料理はもうおしまいだ」

岩下は立ち上がって隣の部屋と仕切られている襖を勢いよく開けた。

そこには寝具が二つ並べて敷かれ、枕元には薄暗い照明が灯《とも》っていたのだ。

「やだ、ここ、もしかして」

「旅館というわけではないんだが、常連客だけに特別に提供してくれる部屋だ」

まさか布団が敷かれているとは思わなかったが、岩下の企《たくら》みはそれほど意外ではなかった。どのみち最後はホテルに行くのだから。

「ふうん、畳の部屋か。こういうパターンですするのって久しぶりよね」

「さあ、福永にさせられたのと同じことをじっくり見せてもらおうじゃないか」

「ええー、あんな変態じみたこと嫌よ。それより私、ちゃんとしたセックスがしたいな」

麻奈美は珍しく甘えた声を出し、胸を突きだし自分からブラウスのボタンをはずし始めた。

だが岩下はその手を乱暴に振り払うと、いきなり布団の上に突き飛ばした。

「なにするの」

「服は脱ぐな。お前は女教師の恰好のままオナニーをして見せるんだ」

岩下は麻奈美を押し倒し仰向けにさせると、スカートをウエストまでたくし上げながら言った。

「いやよ。そんなことできない」

「できないじゃなくて、するんだ」

肉色のパンティストッキングの股間部に手をかけた彼は、思いきり引っ張ってびりびりと破いた。薄いナイロン地はあっけないほど簡単に裂け、大きな穴を開けた。そしてその下のごく小さなパンティにも手をかけた。極端に生地を節約し、最小限の部分だけを覆っているその布きれは前のスリットは何とか隠しているものの恥毛はところどころはみ出し、後ろはほとんどヒモ状でヒップの割れ目に食いこんでいた。

「こりゃあ破廉恥な下着だな。教師のくせにこんなもの身につけているのか」

繊細なレース地でできたそれは、またしても岩下の手で裂かれてしまった。

「ほら、お前の好きなこれを使ってオナニーして見せるんだ」

岩下はズボンのポケットから水色をした小型のローターを取り出してスイッチをひねった。低い唸り声をあげて先端が振動し、麻奈美の手に握らせた。

「びりびりする。こんなの使うの、いやよ」

「すぐに気持ちよくなるぞ。ほら、クリトリスに当てるんだ……もっとよく見えるように膝を立てて大きく開いて」

麻奈美は言われるままにポーズをとり、じっと目を閉じてローターを肉芽に押し当てた。

「どうだ感じるか？　見られているとぞくぞくするだろう」

「ああっ……なんだかすごく変な感じ。あそこが痺れて、すぐにでもいっちゃいそう」

「こういうのを使ってオナニーしたことあるか？」

「ない。一度もないわ……ああ、すごい」

最初は抵抗を示していた麻奈美もすぐに我を忘れて夢中になった。襟元のつまったブラウスをきちんと着こなし、髪も乱れないようにまとめている麻奈美は地味で堅い業種のＯＬといった雰囲気だったが、下半身だけはひどく淫らでヴァギナは悦びの涙を垂らしていた。

「だめ、もういっちゃうっ。ねえ、きて……アレを入れてよ、早く」

麻奈美は必死で懇願したが、岩下はまだ服も着たまま身悶えする麻奈美をじっと見下ろしていた。

「オナニーでいくんだよ。俺は助けない」

「ほ、欲しいのに。私のあそこに突っこんで！」

あっけなく麻奈美はアクメに達してしまった。一瞬の高まりに目の前がくらっとした。唸りをあげるローターを畳の上に転がし、だらしなく足を開いたまま麻奈美は動かなくなった。

アルコールがまわり始めたのかいつの間にか意識がなくなり、眠りこんでしまった。

どのくらいたったのか麻奈美が目覚めた時、隣に岩下の姿はなかった。襖の隙間から隣の部屋の明かりがもれていたので、彼を呼ぼうと起きあがった。だがその時、話し声が聞こえてきたので手を止めた。

「あんな若くてきれいなお嬢さんを連れてらっしゃるのに、どうしてまた私と」

「あいつは酔って寝てるよ。それに今夜はあいつとはやらない。浮気したお仕置きをしてるんだ」

「先生だって浮気性なのに。私は何だって知ってるわ」

「二十年来の付き合いだもんなあ」

麻奈美は襖の隙間に顔を近づけて覗《のぞ》いて見た。何と先ほど部屋に案内した女将と岩下が合体している真っ最中だったのだ。女将は畳の上に這いつくばり、着物の裾を大きくまくり上げてバックから彼を受け入れていた。目に染みるような白くてどっしりとした太股や、たっぷり脂ののった尻肉が岩下の打ちこみのテンポに合わせて小刻みに揺れた。岩下の腰づかいは緩慢な動きだったが、それは長く楽しみたい時に彼がする方法で、深く挿したまま中でペニスを回したり強弱をつけながらゆっくり抜き挿ししたりを繰り返すのだ。

「ああ、女将のこの中はだれよりもあったかい」

岩下は臼《うす》のように大きな尻を手でさすりながらしみじみとつぶやいた。

「情が深いからよ……ああんっ、子宮の壁をつんつん突かれてるみたい」

「お前とする時はいつまでも終わりたくないと思うよ」

「私も。永遠に繋がっていたいわ」

「ああ、襞がねっとり絡みつくようだ。たまらないな」

実感のこもった口調で言った後、岩下はピストンを止めて大きく深呼吸した。そして思いついたように手を前に回した。

「いやいや、前は触らないで。そこを刺激されて気持ちよくなるのはいや。挿入だけでいきたいの」

「そうか。俺のモノがそんなに好きなのか」

岩下はいつも、麻奈美が嫌がることは必ずといっていいほどしたがるのに、女将の言うことは素直にきいた。二人の関係の深さを思い知ったような気がした。

「ねえ、触りたいわ。私たちが繋がっているところ」

女将はそう言うと、右手を後ろにまわして結合部に触れた。

「ああんっ、先生のが、私の中に入ってる。すごく太いのが、入ってる……ううっ」

囁くような声で女将は喘《あえ》ぎ、頭を振って悶えた。

「き、気持ちいい。ああ、先生、私、幸せよ」

「俺もだ。うう、もうがまんできない」

岩下は女将の背中にしがみつくようにがっくりと倒れこみそのまま動かなくなった。まるで母親にすがりつく幼な子のようだ。こんな恰好で果てることは麻奈美とは一度も経験がない。麻奈美は激しい嫉妬を感じた。

「ねえ、後で私の部屋にいらっしゃる?」

女将はきちんと座り直し、まだ十分に力の残っているペニスを口に含んできれいに舐めあげながら言った。本当に彼のモノがいとおしくてしょうがないといった様子だ。

「ああ、もちろん。今のはほんの食前酒みたいなものだからな」

「あのお嬢さんと、なさらないできてね」

「約束するよ」

女将はペニスの先にもう一度キスしてから着物と髪の乱れを手早く直し、音もたてずに部屋から出て行った。

第七章　裸で最終面接

福永悟の欠勤がしばらく続いた後、校長や教頭の周辺が急に慌ただしくなり、何やら異変が起きたようなので麻奈美は警戒していた。呼び出しがあるかもしれないと覚悟を決めていたのだが、ある日、悟が逮捕されたことを新聞の記事で知った。彼は公衆トイレに隠しカメラを設置していたことで捕まったが、その他にも盗撮や盗聴、痴漢行為など余罪がいくつもあるという報道だった。

学校創立以来の不祥事ということだが、悟は生徒や保護者に人気があり信頼度も高かったので余計にショックは大きかった。悟の本性を知っているのはおそらく校内で麻奈美ひとりだろう。悟が学校に姿を見せることは二度となかったし、いつの間にか住まいも引っ越したようだった。万が一、悟と再会することがあればひとつだけ言ってやりたいことがある。

「いい気になって調子に乗るからこういうことになるのよ」。

報道によると彼が盗撮や盗聴に興味を持ち始めたのは最近のことらしい。理科実験室でののぞき見がきっかけだったかもしれないし、トイレにカメラを置いたのは麻奈美の放尿シーンを見たことが彼の行為をエスカレートさせたとも考えられる。

もう悟につけ狙われることはないと思うとほっとする反面、どこか寂しい気もするのだった。このまま悟が捕まらないで麻奈美につきまとっていたら、ひょっとすると彼に乞われて変態的な行為をすることがヤミツキになっていたかもしれない。もう普通のセックスには飽きたらずスリルばかり追い求めていたり……そう考えると、やはり彼はいいタイミングで捕まってくれたと思うのだった。

和樹は新しい遊び仲間でも見つけたのか、このところぱったり姿を見せなくなったし、岩下とも先日の割烹料理屋での一件以来、わだかまりがあって連絡を取っていなかった。もちろん岩下は妻子持ちだが、その上二十年来の愛人がいたことは麻奈美にとって少なからぬショックだった。岩下の好みは若い女だとばかり思っていたのに、体の線もくずれかけた中年女をさも安心しきった様子で抱いているのを見て、彼に対する認識を新たにした。

そんなある日、麻奈美は生徒たちの会話から、和樹がオートバイで事故を起こして骨折し入院していることを耳にした。病院はすぐにわかったので、麻奈美は見舞いに行くことにした。最近、顔を見せなかったのは麻奈美に飽きたからではなく、怪我のためとわかって少し安心していた。

和樹は金持ちの息子らしく個室に入っていた。ドア横の患者名の書かれた札を確かめ、ノックしてから入ろうとしたが驚かせようと思ってとどまった。ドアノブがしっかり締まっていなかったせいか、手で押すと簡単に隙間ができて中が見渡せた。静かなので和樹は眠っているのかと思ったが、予想に反して中には看護婦がひとりいた。和樹は片足にギブスをはめて吊り上げ、腕も固定され空いている方の手は点滴を受けているのでほとんど身動きがとれない状態で横になっていた。

「ねえ、私、もう行かなくちゃならないんだけど」

看護婦がなれなれしい口調でつぶやいた。薄ピンク色の白衣の前ボタンがはずれて片方の乳房がもろ出しになり、和樹がそれに吸いついていたのだ。おとなしいのは眠っていたからでなく、口がふさがっていたからだ。

「ん、もうちょっとしゃぶらせて。こっち側も」

「だれかに見られたら、大変よ。私、クビになっちゃう」

だが看護婦は口ぶりとは裏腹に、胸元を開いてもう片方の乳房を取り出し、慣れた仕草で和樹の口に含ませた。先ほどまで吸われていた方の乳首は小さく固まり唾液に濡れて光っていた。二十歳をやっと過ぎたぐらいに見える看護婦の乳房は、華奢な胸板に不釣り合いなほど豊満だったが少しも下がることなく乳頭の位置は高かった。和樹の顔は見えないがおそらく授乳中の赤ん坊のように無心の表情で口と舌だけ動かしているのだろう。

「もうがまんできないよ。ねえ、手と口でやって」

和樹の甘えた口調はお手の物だ。

「今はだめ。今度、体を拭いてあげる時ね。それまで待って」

「いつもほかの人じゃないか」

「仕方ないでしょ。依田くんの時はみんながやりたがって大変なの。若い男の患者さんなんてあんまりいないから」

「へえ、看護婦も男に飢えてるんだ」

「そうよ。ドクターと付き合っても遊ばれるだけだしね」

和樹は点滴の注射針を刺したままの不自由な手で看護婦の乳房を揉み、先端をつまんだり転がしたりして弄んだ。

「患者にエッチなサービス、したことあるの?」

「ん、内科にいた時に、死にかけてるおじいちゃんの患者さんに頼まれておっぱいを触らせたことある。すごくお金持ちで、お触りだけで一万円くれたの。お願いだから吸わせてくれって言うから、これも人助けだと思って好きなだけさせてあげたら財布ごとくれた。二十万ぐらい入ってたかな。一カ月もしないうちに意識がなくなって死んじゃったけど、それまで毎晩サービスしたんだ。入れ歯を取った口で吸われるのって、すっごく変。けっこう感じちゃったけど」

「けっこう感じて二十万か。いいバイトだよなあ」

「でも依田くんはタダ。かわいいから。ね、私、ほんとにそろそろ行くよ」

看護婦は立ち上がると、ぷるんと揺れる双丘をフロントホックのブラに押しこんだが、カップに収まりきれない肉が盛り上がって見えた。白衣のボタンをきっちり留めたが、背筋を伸ばすと隆起した胸が否応なしに目立つ。男性患者の多くが、彼女が前屈《まえかが》みになって作業するところを待ち望んでいるのだろう。

麻奈美はドアから離れて看護婦が出て行くのを見送った。ひと呼吸おいてからドアをノックし、病室に入って行くと和樹は舌を出しておどけて見せた。

「わおっ、先生、久しぶりー。俺、超カッコわりぃだろ」

「バイクがぶつかったのが人じゃなくてガードレールでよかったわね。自業自得よ」

しばらくは事故のことや近況について話していた和樹が、急に思い出したように麻奈美に顔を近づけて言った。

「そういや福永、逮捕されただろ。ひでえよな、あいつ。変態だったんだ」

「依田くん、彼とグルだったんじゃないの？　私の部屋に盗聴器つけたでしょ」

和樹は一瞬、ぎくっとして真顔になったがすぐに事実を認めた。

「福永に頼まれて仕方なくやったんだ。先生とのこと、親に言いつけるって言うし。そうなったら先生だってヤバいだろ」

「やっぱり犯人は依田くんだったんだ。私、確信はなかったけど、カマかけてみたのよ」

「えー、なんだ。じゃ、とぼければよかったな。先生やり方、きたねえよ」

「どっちが汚いことしたのよ。レイプしたり、女の子を妊娠させたり、人目を盗んで看護婦といちゃついたり」

「あれー、先生、何でも知ってるんだ」

まったく悪びれない和樹に麻奈美はあきれていた。

「看護婦って、けっこうスケベなんだぜ。俺もう何人かに迫られたもん」

「ギブスが取れるまでは看護婦さんに処理してもらうわけね」

「それがさあ、俺の体を拭く係、看護婦が取り合いしてるみたいで、やるのはいつもババアなんだよ。あれじゃ、抜けないっていうの。ねえ、先生、ちょこっと手伝ってよ。ずっと出してないからすぐイクと思うよ」

「あら、私もしてほしいことがあるのよ。たまにはサービスして」

和樹は手も足も動かすことができず、不自由な体であることを訴えたが、麻奈美はかまわずパンプスを脱いでベッドに上った。

「お、大胆じゃん」

麻奈美は和樹の顔の上にまたがるようにして腰を浮かせ、そのままスカートをウエストまでずり上げた。スカートの下はストッキングもパンティもなく、恥毛でおおわれた剝き出しのヴァギナが現れた。

「そこ、アップで見るとすごいグロテスクだな」

「でも気持ちいい思いをさせたのは、ここなのよ。少しは感謝しなさい」

「うえっ、なにするんだよ」

和樹は視線をそらせようとしたが、麻奈美はかまわず彼の顔の上にすわって秘部を押しつけた。柔肉が和樹の唇にぴったりと密着している。手も足も動かせない彼は麻奈美の攻撃を避けることができない。

「あなたは気持ち悪いからって、一度もしたことないけど、私のここを喜んで舐める男だってたくさんいるのよ。なによ、自分ばっかりしゃぶらせて」

「ううっ、息が苦しい」

太股でぴったりと顔を挟まれ、股間をぐりぐりと擦りつけられて、和樹は何度もむせそうになっていた。ナースコールのボタンを手探りでさがそうとしたが、麻奈美はわざと手が届かないようにベッドの柵の向こう側に落としてしまった。

「このくらいがまんしなさい。無理やりフェラチオさせられた女の子の気持ちが少しはわかるでしょ」

麻奈美は一番敏感な肉芽が彼の鼻先に当たるように角度を工夫して腰を沈めた。

「ああ、クリトリスが鼻に当たってじんじんする」

和樹は覚悟を決めたのか、おそるおそる舌を突き出して突起を舐め始めた。生あたたかく濡れた舌の感触がダイレクトに刺激して、麻奈美は思わずのけぞった。

「ん、感じる」

差し出された舌の上に女唇を滑らせるため、小刻みに腰を動かした。

「先生、俺、もう出そうだよ」

振り向いて見ると、寝間着の股間が不自然に隆起していた。病院で支給されたと思われる浴衣式のブルーの寝間着は着替えがしやすいように紐結びになっている。紐をほどき前を開くと見慣れた肉棹が最大の嵩《かさ》まで膨れあがり、下腹についていた。

「ふふ、さっきの看護婦さんにしてもらえばいいのに」

「がまんできないよ、早く」

麻奈美はゆっくりと体の向きを変えシックスナインの姿勢になった。和樹はだんだん慣れてきたのか、抵抗ない様子で顔の上の女肉に舌を這わせたり蕾に吸いついたりしていた。

「舐めるの、うまいじゃない」

妖しく腰を動かしながら、麻奈美は舌先でペニスの溝をなぞったり先端の切れ目に舌を這わせたりしていた。

「深くくわえてしゃぶってよ。すぐに出るから」

「だめ、すぐにはいかせない」

いきなり根元をぎゅっと握りしめると和樹は驚いたように体をびくっとさせた。

「なにするんだよ、病人に」

「こっちの方は健康そのものじゃない」

麻奈美は鼻で笑ってから、タマをつついたり転がしたりした。

「じらすなよ」

掌にペニスを包みこみ二度か三度往復すると、和樹はあっけなく果ててしまった。

「んもうっ、口の中でイキたかったのに」

彼は悔しそうに言ってから自分の股間を見下ろした。

「たまってたから、たくさん出たな」

麻奈美はベッドから下り、何事もなかったように素早くスカートを直した。

「先生、俺、手が使えないんだ。早く始末してよ」

「それにしてもすごい量ね」

「ティッシュの箱、床に落ちてる」

「タオルで拭いてあげるから、ちょっと待ってて」

麻奈美は枕元のタオルを手に取って言った。

「早くしてよ」

「すぐだから」

病室を出ると、麻奈美はあたりを見回した。ナースステーションの奥の方では看護婦が数人集まってミーティングをしていた。先ほど和樹の相手をしていた若い看護婦の姿も見える。麻奈美はそばを通りかかった看護婦に声をかけた。ナースキャップには一本線が入っているので主任看護婦なのかもしれない。小太りで眼鏡をかけ化粧気はなく、年は四十代の後半といったように見える。

「すいません、315号室の依田さんなんですけど……あのう、ちょっとそそうしちゃったみたいなので、体を拭いてもらえますか」

麻奈美はいかにも言いにくそうに口ごもったが、看護婦は何でもないといった顔をして聞いていた。

「あら、トイレ間に合わなかったのかしら」

「いえ、そっちの方はだいじょうぶなんです。そうじゃなくて、ええっと、あの、若い男の子特有の……寝間着も汚しちゃったみたいで」

「ああ、そういうこと。だいじょうぶよ、すぐに始末しときます」

そういったことがよくあるのか、彼女は別段驚いている様子でもなかった。

「すいません。あのう、若い看護婦さんだと恥かしがると思うので」

「はいはい、わかってます。今、私が行きますからね」

看護婦は目尻を下げて笑った後、いそいそと和樹の病室に入っていった。その姿を見届けた麻奈美はすぐにエレベーターに乗った。

和樹は放出した精液の後始末をあの中年の看護婦にしてもらうのだ。若い彼は一度射精してもすぐには収縮しないので、まだ固まっている状態だったかもしれない。寝間着の前は開けたままなので、看護婦は彼の半立ちのペニスをもろに見てしまっただろう。麻奈美は笑いをこらえきれず、口元を緩ませながら病院を後にした。

それから三カ月ほどの間に麻奈美の身辺にはいくつか大きな変化があった。引っ越しをしたし学校も辞めた。表向きの理由はストレスによる胃潰瘍《いかいよう》の療養ということになっているが、あの高校にはいいかげんうんざりしていたので何の未練もなかった。それにもうひとつの原因は、また新たな男子生徒が麻奈美を慕ってつきまとい始めたからだった。

その生徒は、勉強もよく出来るし性格はおとなしく家庭環境にも問題はなかったが、ある日突然、ポルノまがいの小説を書いて麻奈美に見せたのだ。あきらかに麻奈美がモデルと思われる女教師がヒロインで、主人公の少年は彼自身のように思えた。文章は決してうまくないが延々と続く性行為の場面は妙にリアリティがあり、読んでいた麻奈美は思わず引きこまれてしまった。夜遅い時間に読んだせいか、ベッドに入ってからもなかなか寝つくことができず、遂に岩下からもらった性具を取り出して久しぶりに激しくオナニーしたほどだ。

このままでは早晩、その生徒と関係を結ぶことになる……麻奈美は妙な確信を得た。依田和樹、荒川信也とのことがばれなかったからといって、いい気になるといつか泣きをみることになる。福永悟のようにはなりたくない。麻奈美は決心して翌日辞表を書いた。

十二月に入ったある日の朝、岩下から連絡があった。彼からの電話はいつも突然でしかも、今夜会おう、という一方的で急な誘いがほとんどだった。麻奈美は学校を辞めてから暇なのですぐにOKした。待ち合わせの場所は例の割烹料理店だ。三カ月近く会っていなかったので、麻奈美は少しわくわくしていた。岩下だけでなく、和樹とも病院以来全く会っていない。男出入りが激しく一日に何回も性交していた夏の頃が懐かしいほどだった。

「なんだ、教師を辞めたのにまだそんな恰好しているのか」

店に入るなり岩下は麻奈美のいでたちを見て言った。かっちりとした仕立てのいい黒のスーツにオフホワイトのシルクシャツ、ベージュと黒のコンビのパンプスに肉色ストッキングといったコンサバティブなファッションだ。

「きょう面接があったのよ。ほら、あなたが紹介してくれた例の私立高校。年明けから産休に入る先生がいるから、とりあえず三学期の間だけでも採用されるかもしれないわ。様子をみて本採用になるチャンスもあるって」

「へえ、よかったね」

岩下は自分が紹介したにもかかわらず興味なさそうに聞いていた。

「だって、働かないと食べていけないもの」

「そりゃ、そうだ。おめでとう」

「まだ正式に決まったんじゃないの。二、三日中に連絡するって」

カウンター席の奥に並んで腰かけた二人は他の客から死角になっていたので、岩下は麻奈美の膝に手を伸ばしてきた。スカート丈は膝の上ぎりぎりの長さだが、かなり細身のタイトなので座ると太股の半分ぐらいまで上がってしまう。しかも麻奈美は足を組んでいたので、すらりと伸びた形のいい足と引き締まった太股が否応なしに目にとびこんだ。

「真面目なスーツ姿でも、お前の場合は必ずどこか一カ所隙があるんだな」

「あら、隙はわざと作っているのよ。そうでないとモテないから」

「面接の時も今みたいに足を組んでいたのか？」

「まさか。相手は校長と教頭。それから理事長とかいう人までいたけど、みんなおじいちゃん。今さら刺激しても悪いしね。このスカート、足を組むと前の人にパンティが丸見えになっちゃうのよ」

麻奈美はジャケットのボタンをきっちり留め、シャツの胸元も少しも乱さないまま酒を飲み岩下と談笑した。

「ねえ、きょうも奥のお部屋、取ってあるんでしょ」

一時間ほどして麻奈美は自分から水を向けてみた。

「なんだ、ずいぶん気合いが入っているな」

「だってぇ、私このところずっと空き家で……さみしいのよ」

「しょうがない奴だな」

岩下は従業員に目配せし、麻奈美を促して店の奥に向かった。きょうは女将は店に出ていないのか姿は見えなかった。

案内なしだったが岩下は慣れた様子で奥へ進み、以前来た時と同じ部屋に入った。

「ここならゆっくりできるわね」

麻奈美はバッグを置くと座りもせず、隣の部屋の襖を開けた。以前のように二つ並べて床がのべられていることを期待していたのだ。

「やだ、ごめんなさい」

中に人がいたのであわてて閉めようとした麻奈美の手を岩下が遮った。

「いいんだよ。お前も知っている人たちだから」

大きく襖を開けたそこに見た光景に、麻奈美は思わず息を飲み視線は釘づけになった。

「女将はこっちの方で忙しかったんだ」

和服姿の女将はしどけなく横たわったまま男の股間に顔を埋めていたが、襖が開くとちらりと視線を向けた。たっぷり肉のついた白い太股が乱れた着物の裾からのぞいて、長襦袢《ながじゅばん》の中にもぐりこんだ男の手が妖しく動いていた。

「やあ、竹本くんだったね。きょうはどうもお疲れさま」

顔を見ても気がつかなかったが、声をかけられてようやく思い出した。

「あ、あのう……面接の時にいらした」

「S学院の理事長の織田《おだ》さんだよ。僕もお世話になった方なんだ」

岩下はあっけにとられている麻奈美を見て目だけで笑った。

「そんなところで見てないで、こっちに来なさい」

織田は面接した時とはうって変わって表情を崩しにこにこしながら麻奈美を手招きした。

「きょうの面接の結果は二、三日中に連絡がいくよ。さあ、今度はもうひとつの面接だ」

すでに初老の域に入っている織田は髪の毛の半分以上が白く、額にも深い皺があったが、女将にしゃぶらせているモノはしっかりとした男ぶりを見せていた。

「さあ、美智代《みちよ》、選手交替だ。あんたは岩下くんのお相手をしてやれ」

——ああ、そういうことだったの。紹介してくれたのは仕事だけじゃなかったのね。まさかスワッピングの相手をさせられるとは思わなかったけど、でも、ま、いいか。

女将の美智代が織田の股間から顔を上げると、麻奈美はしずしずと彼の前へ進み出た。

「着ている物を全部脱いで、体をよく見せてごらん」

織田は岩下よりもまだ二十歳ぐらい年上に見えた。麻奈美が今まで体験した男性は岩下が一番上だったが、今回は大幅に更新することになりそうだ。あまりに年齢が離れているせいかあまり羞恥心はなく、てきぱきとスーツとシャツ、ブラとパンティもあっさり脱ぎ捨てた。そして最後にまとめていた髪をほどいてぶるっと頭を振り、彼の前に立ちはだかった。

「うむ、面接の時は小柄で華奢だと思ったが、なかなか肉感的じゃないか。いい体してる。岩下にいろいろ教えこまれたのか？」

「ええ、まあ」

「最初は野暮ったい処女でしたよ。僕が一人前に仕込んだんです」

声のする方を振り返って見ると、美智代は早くも岩下の逸物に食らいついていた。口がふさがっているせいか先ほどから一言も発していない。

「どれ、じっくり味わわせてもらうよ」

織田は麻奈美の裸体を横にさせると、かさついた分厚い掌で全身をくまなく撫であげた。

「肌がいいね。いかにも新鮮で艶があって適度にしっとり潤って……この胸。横になってもしっかり盛り上がって少しもダレてない。ぷりぷり弾力があってたまらない感触だ。乳首もこんなに小さくて、きれいな色してる」

いちいち感心したようにつぶやきながら、彼は両手で乳房を揉みあげ乳頭をそっと口に含んだ。六十を過ぎた老人に胸を吸われるのは何か妙な感じがしたが、舌づかいは巧みで麻奈美の乳首はたちまち固まった。

「もっと舐めてあげよう」

織田は起きあがって麻奈美の足を手にとったので、足の指でも舐めるのかと思ったが、いきなり両膝を割って繁みに顔を突っ伏してきた。

「ん、メスの匂いだ」

彼は大きく息を吸った後、恥毛の生い繁る箇所に顔を擦りつけた。まだシャワーも浴びていないそこを織田はむさぼるようにしゃぶり始めた。襞と突起と粘膜で複雑な造りをしたわずかな面積の女唇を、彼は飽きもせずたっぷり時間をかけて舐め尽くした。その根気のよさと、微に入り細を穿《うが》つ舌と唇の動きに、麻奈美は次第に我を忘れそうになっていた。股間から顔を上げようともしない彼の頭を撫でたり、わざと太股でぎゅっと挟みこんだりした。

「感じてるのか？　さっきから汁がたくさん出てきて溢れてる。ほら、とろっと濃いのが……おお、もったいない」

彼は大袈裟《おおげさ》に音たてて啜った。

「ああ、もうだめだわ……むずむずしてきちゃう」

麻奈美が膝を緩めると彼はやっと頭を上げたが、唾液と女汁で彼の顔の下半分は濡れて光り、おまけに上気して赤鬼のように染まっていた。

「ここが一番感じるんだろ。ぷっくら可愛く膨らんでる」

巧みな舌使いで肉芽をくりくりとなぶられると、麻奈美は突然「ひいっ」と叫んで体を小刻みに痙攣させた。いやいやをするように頭を激しく振ったので、黒髪が乱れてシーツに散った。

「なんだ、口だけでイッたのか。どれ、こっちの方の具合はどうだ？」

織田はまるで産婦人科医のような自然な手つきで太く節くれだった指を二本、女穴に挿し込んだ。指がすっぽり見えなくなるまで深く挿入してから、内部を確かめるようにゆっくり動かした。

「あふっ、変な感じがする……ああっ、それはやめて！」

二本の指を挿したまま残った親指でクリトリスを軽くつついてやると、麻奈美は大袈裟に体をくねらせて悶えた。

「おおっ、入り口が巾着みたいに締まってきたぞ。さすがに若いだけのことはあるな。指だけでもこんなに締まるなんて」

「いやいや、指だなんていやよ」

「そうか、そうか。もう欲しくなったんだな。どれ、それじゃ」

織田は片手で器用に服を脱ぎ下着も全部取ってから、小太りの体を麻奈美の上に重ねた。けれどもただの合体ではなく、頭と足の方向が逆向きになっていたのだ。

「さあ、こっちも少しサービスしてくれ」

彼は麻奈美の顔をまたぐようにして肉棹を押しつけてきた。やっと半分立ち上がったそれを、麻奈美はおそるおそる口に含んだ。唇で挟むとゴツゴツとした感触ではなく、まるで魚肉ソーセージでもしゃぶっているような柔らかさだった。麻奈美はこのような状態のペニスを口にするのは初めてだったので、要領がよくわからなかったが、とにかく夢中で吸いつき硬くすることだけを考えた。目の前には伸びきったゴムを思わせる陰嚢がだらりと下がり、否応なしに視界に入るので瞼《まぶた》は固く閉じていた。織田は麻奈美にフェラチオさせながら、自分もまた女芯を指でいじり花びらを広げて丁寧に舐めあげていった。

隣が気になる麻奈美は時折薄目を開けて二人の様子を確かめた。もちろん岩下も麻奈美の状況を見ているはずだ。理事長のペニスを口に押しこまれている麻奈美を目の当たりにして少しは興奮しただろうか。

「あふっ、あん……あなた、すごくいい。硬いのが当たってる」

声の方を見ると、長襦袢姿の美智代が岩下の上に乗って体をぐらぐら揺らせていた。淡い緑色の襦袢の裾も胸もすっかりはだけ、アップに結い上げている髪も崩れ落ちそうなほど乱れていた。美智代は臼のような厚みのある腰をゆっくりと上下させ、時にグラインドしたりを繰り返していた。岩下は美智代の乱れる様子を満足げに見上げながら、ずっしりと重たげに垂れ下がっている二つの乳房に手を伸ばしやわやわと押し揉んだ。そして時折、下からぐんと突き上げ、美智代の反応を楽しんでいた。

「どうだ、もうずぶ濡れになってるぞ」

「はあんっ、いい……ねえ、あなた、抱っこして」

美智代が甘えた声を出すと彼は合体したまま起き上がり、美智代を抱く姿勢になった。巨大なヒップは岩下の腕でしっかりと抱えられ、美智代はのけ反って胸を突き出した。

「こうすると深く入るだろう」

「アレが奥まで入ってるわ。ねえ、中はあったかい？」

「ああ、ぬるい温泉につかってるみたいに気持ちがいいよ」

岩下はおもむろに美智代の乳房に頰ずりし、葡萄《ぶどう》の粒のような大ぶりの乳首を口でとらえて吸い始めた。

「ふふっ、あなた、いつまでたっても私のおっぱいが好きなのね」

今まで見たこともない岩下の安心しきった表情に麻奈美は深いジェラシーを覚えた。

横目で二人を観察した後はフェラチオに集中した。激しく吸いあげ、口を鳴らして舐め、くねくねと舌を滑らせ、袋にもしゃぶりついた。

「やっとその気になってきたな」

ペニスがようやく肉の柱になると織田は振り返って言った。

「早く、入れて」

「よしよし長いことしゃぶらせて悪かったな。テクニックはいまひとつだが、まあ若いから仕方ない。女将の技にはあと二十年必要だ。さ、始めるぞ」

麻奈美は目をつぶり膝を緩めて横になったが、すぐさま彼にひっくり返された。

「いい形だ。大きさもちょうどいい」

織田はざらつく掌で剝きタマゴのような麻奈美の尻を撫でた。

「バックからするの？」

「ああ、正常位は腰が辛くてな。四つん這いになりなさい」

「こう？」

麻奈美はぐっと背中を落とし、これ以上できないほど高々とヒップを差し出した。女穴がひくひくと餌を求めているのが自分でも認識できた。足を少し広げて受け入れ態勢を万全にした。

その瞬間、早くもズンッと麻奈美の下半身を衝撃が走った。何と彼は手も使わず狙いを定めて一気に挿入したのだ。

「あううっ、いきなり、すごいわ」

「どうだい？　今、アソコだけで繋がってるよ。ほら、ほら」

面白がるようにゆっくりと出し入れを繰り返す彼は、本当に麻奈美の体のどこにも触っていなかった。麻奈美はその言葉だけで達しそうになっていた。

「ほら、そのきれいな手で確かめてごらん」

彼は麻奈美の手を取ると結合部に誘導し、つなぎ目を触らせた。

「ほ、ほんとだー」

「アソコだけに神経を集中させて」

「あー、なんかすっごく、いやらしくて、おかしくなっちゃいそう」

織田は着実な抜き挿しを繰り返しているだけだったが、麻奈美はひとりで勝手に盛り上がっていた。ぐっと目を閉じ、頭をのけ反らせて振動に耐えながら、二つの性器が交わっている部分のことだけ考えた。

「麻奈美、戻ってきてやったぞ」

その声に薄目を開けると岩下が麻奈美の顔の前で腰を突き出していた。美智代はそばでぐったりと横たわり、大きな胸を上下させ果てていた。

「あん……早くちょうだい」

魚が餌に食いつくようにぱくりと飲みこんだ。麻奈美は遂に上と下のふたつとも口を塞がれたのだ。しゃぶりついた岩下のモノは呆れるほど硬くゴツゴツして懐かしささえ感じたが、織田の緩慢な動きも無駄がなく確実にツボを押さえていた。

「ううっ……うぐ、うぐっ〜〜」

織田がそっと手を前に回し、太い指先でクリトリスをなぶり始めると麻奈美はすぐさまイキそうになった。

「麻奈美、出るぞ、出る」

口中に熱い迸《ほとばし》りを感じたその直後、後ろの動きが一気に加速したがすぐにぴたりと止まった。

「ふうっ……君、こっちの方の面接も合格だよ」

織田は肉柱をずるずると引き抜きながら言った。

「あしたにでも採用決定の通知を出しておくから」

麻奈美はその言葉を聞いてから、口の中にためていた液をごくりと飲みこんだ。

「ありがとうございます。これからもよろしくお願い致します」

神妙な顔で挨拶してから、麻奈美はたった今まで自分のなかに入っていた肉柱をうやうやしく口に含んで後始末を始めるのだった。

この作品は書き下ろしです。原稿枚数２８５枚（４００字詰め）。

幻冬舎アウトロー文庫

●好評既刊
花と蛇〈全10巻〉
団 鬼六

悪党たちの手に堕ちた、令夫人・静子。性の奴隷としての凄惨な責め苦と、終わりのない調教。羞恥の限りを尽くされたとき、女は……。戦後大衆文学の最高傑作にして最大の問題作、ついに完結！

●好評既刊
秘書
団 鬼六

結婚式直前、美人秘書の志津子が、同僚の小泉らによって誘拐された。監禁され、男たちの本能のままに犯されていく志津子だが、被虐の炎が開花して……。巨匠が放つ性奴隷小説の決定版！

●好評既刊
監禁
団 鬼六

何者かに誘拐された、華道の家元で国民的美女の静代の全裸写真が、SM雑誌に掲載された。誘拐は編集長が雑誌増売のために、企てたのだった。緊縛、浣腸と非道な拷問が続く、残酷官能の傑作。

●好評既刊
飼育
団 鬼六

高利貸西野の陰謀で、没落寸前の名門有馬家。二十八歳美貌の令夫人小百合まで担保にとり、監禁、緊縛、浣腸と凌辱の限りを尽くす。いつか被虐の歓びに貫かれた女は……。官能調教小説の傑作。

●好評既刊
淫獣の部屋
団 鬼六

寿司屋店員田村三郎は、ある日電話の混線で社長夫人滝川美貴子の不倫を知る。隣室のSMクラブ嬢久美子の協力で、夫人を脅迫、監禁・浣腸と凌辱の奴隷とする。傑作官能調教小説、待望文庫化。

GENTOSHA OUTLAW BUNKO

女教師《おんなきょうし》

真藤怜《しんどうれい》

平成13年12月25日　初版発行
平成17年9月30日　9版発行

発行者――見城 徹
発行所――株式会社幻冬舎
〒151-0051東京都渋谷区千駄ヶ谷4-9-7
電話　03(5411)6222(営業)
　　　03(5411)6211(編集)
　　　振替00120-8-767643
印刷・製本――株式会社 光邦
装丁者――高橋雅之

幻冬舎アウトロー文庫

ISBN4-344-40187-5　C0193　　O-58-1